suhrkamp taschenbuch 2635

»Thomas Hettche hat in seinem dritten Buch die Wunde Deutschland zum Thema gemacht«, schreibt Michael Basse in der »Süddeutschen Zeitung«: »Und es ist ihm über weite Strekken gelungen, diese Wunde in Sprache, in bewegende Bilder zu überführen.«

NOX, lat. Nacht, erzählt jene Nacht des Berliner Mauerfalls im November 1989, nach der nichts blieb, wie es war. Weder für die zerschnittene Stadt noch für eine junge Mörderin auf der Flucht vor ihrer Tat. In das nächtlich taumelnde Berlin hineingezogen, gerät sie in einen Reigen der Ausschweifungen, in denen sich auf geheimnisvolle Weise ihr Schicksal mit dem der Stadt verbindet. NOX erzählt mit dokumentarischer Genauigkeit und zugleich betörend sinnlich von Körperlust und Gewalt, von einem Schiff und einer Fahrt auf dem Landwehrkanal zur Mauer, von einem Ostberliner Anatom, einem schweigsamen Geräuschemacher und der Obsession einer Frau für einen jungen Mann, dessen Haut mit Schrift bedeckt ist. Und von einem ostdeutschen Grenzhund, der sich befreit und auf die Spur der Mörderin setzt.

»Im Grunde ist hier die ›nationale Thematik‹ mit Geschick und literarischem Scharfsinn vermieden worden. Kein neudeutsches Pathos entsteigt diesem Roman, auch kein Plädoyer für eine neue Erzählseligkeit, Gesinnungshistoriographen und Sinnstifter haben sich unterdessen der deutschen Vereinigung bemächtigt. In der Fiktion gewinnt sie ihre Vieldeutigkeit zurück. Dieser Roman mit seinem ganz eigenen Humor ist ein ausgesprochen scharfsinniges Buch.« *Thomas E. Schmidt, Frankfurter Rundschau*

Thomas Hettche, geboren 1964, lebt in Berlin. »Grandios obszön« wurde sein erster Roman *Ludwig muß sterben* (1989) genannt. *Inkubation* (1992) – Hörspiel, Partitur, Erzählungsband zugleich – ist in zwanzig Geschichten die Geschichte einer Liebe.

Thomas Hettche

NOX

Roman

Suhrkamp

Umschlagfoto: Detlef Erler

suhrkamp taschenbuch 2635
Erste Auflage 1996

Druck: Nomos Verlagsgesellschaft, Baden-Baden
Printed in Germany
Umschlag nach Entwürfen von
Willy Fleckhaus und Rolf Staudt

1 2 3 4 5 6 – 01 00 99 98 97 96

NOX

I

Ich sah in ihrer Hand das Messer nicht. Sie hatte es vor kurzem erst gekauft. Plötzlich, als sie es absichtslos aus dem Etui nahm und in der Hand wog, fasziniert von seinem Gewicht und von der Fertigkeit, die es zu verlangen schien. Das Heft mit großen stählernen Nieten war aus schwarzem Holz. Die etwa zwölf Zentimeter lange Klinge lief mit leichtem Schwung spitz zu. Kühl und angenehm schwer fühlte sie es in ihrer Hand und beugte sich von hinten über mich im Sessel.
Das Fenster stand weit offen, und der Regen, der in Böen gegen das Haus trieb, hatte die Vorhänge so sehr schon genäßt, daß sie schwer und dunkel vor den Fensterflügeln herabhingen. Auf dem Parkettboden eine Lache Wasser. Licht darin, das im Dämmer des Raumes hell schimmerte.
Ich stellte mir vor, wie sie den ganzen Tag hier vor dem tief verhangenen Himmel gesessen und hinübergesehen hatte zur hohen Häuserzeile jenseits des Parks, die, ein Horizont in der Stadt, den anderen verdeckte und ihren Blick aufhielt. Als ich sie in der Nacht zuvor gefragt hatte, wie sie heiße, antwortete sie, ihres sei das dritte Türschild von unten. Der Baumwollbezug des Sessels war klamm und kalt. Ich lehnte mich zurück, um sie ansehen zu können.

Wie ein Arzt, der die Arterie sucht und den Pulsschlag, legte sie Zeigefinger und Mittelfinger an meinen Hals. Ihre Berührung war sanft und ohne Hast. Doch bevor ich die Augen schloß, sah ich auf ihrem nackten Unterarm wie Firnis Schweiß. Saß blicklos lange unter ihr und rieb, den Kopf weit im Nacken, meine Stirn an ihrem Schoß. Erst, als sie ihre Hand plötzlich wegnahm und die andere hochriß, öffnete ich die Augen. Da sah ich das Messer. Und sie durchschnitt mir die Kehle.
Von links nach rechts schnitt sie, und die scharfrandige Wunde klaffte sofort weit auf. Tief schnitt sie in Muskeln und Fleisch, trennte den Kehldeckel vom Kehlkopf, durchschnitt Halsschlagader und Schilddrüsenschlagader, kappte mir Luftröhre und Speiseröhre, und schnitt tief noch in einen Halswirbel hinein. Als sie das Messer aus der Wunde nahm, zog sie keinen Menschenlaut, doch mehr als ein gurgelndes Geräusch, mit heraus.
Ich fiel, ihr zu entkommen, nach vorn und mein Kopf schlug auf die Knie. Zuckte im Schmerz, der meine Muskeln krampfte, gleich wieder nach hinten in die Lehne des Sessels und unter das Messer. Meine Hände tasteten zum Hals. Ich sah sie an und versuchte zu sprechen, doch Blut quoll mir aus dem Mund, ich atmete Blut und schluckte es. In den Luftröhrenästen blutiger Schleim, Blut in den

Augen, in der Nase und auf der Zunge. Die durchtrennte Schlagader saugte Luft und pumpte sie strudelnd ins Herz. Ich konnte nicht mehr atmen, Angst umklammerte mich, und ich spürte, mein Blick wurde starr. Sah sie nicht mehr. Krämpfe durchzuckten wie Gewitter mein Fleisch, und während ich kollabierte, schlugen meine Beine polternd den Boden.

Noch eine ganze Weile hielt sie das Messer über mir. Schwer und angenehm fühlte sie es in ihrer Hand. Da war ich längst tot. Der nasse Vorhang bauschte sich und schlug gegen das Fenster. Reglos stand sie da und lauschte dem Wind nach. Dann ließ sie das Messer fallen und ging.

■

Als ich starb, wechselte ein Hund über die Grenze. Weit im Südosten der Stadt. Dort, wo der Teltowkanal einen Bogen nach Süden hin zum Hafen Johannisthal schlägt, der Britzer Zweigkanal in ihn einmündet und Ost-Berlin mit der Landecke in den Westen hineinragt, auf der die Siedlung DAHEIM liegt.

Seit vier Jahren als Wachhund an der innerdeutschen Grenze eingesetzt, wurde der Schäferhundrüde beim Grenzkommando Berlin der bewaffneten Organe der DDR in der Bestandsliste für

Laufleinenhunde unter der Stammrollen-Nr. L-0546 und der Wesensziffer II/344 geführt. An jener Stelle, wo die Laufrolle an die Streben stieß, stemmte er seinen Kopf so lange rückwärts gegen das gelockerte Halsband, bis es ihm gelang, hinauszuschlüpfen. Plötzlich und unbeachtet war der Schäferhund aus dem Kontrollstreifen hinaus und setzte über Zaun, Kolonnenweg und Graben hinweg. Durch ein brüchig gewordenes Abwassergitter schlüpfte er unter der Mauer hindurch, sprang ins Wasser und durchquerte den Kanal.
Auf dem Gelände der Westberliner Stadtreinigung, die sich nahe dem Hafen Britz-Ost an die Kolonie SONNENGARTEN anschließt, kam er wieder an Land. Schnell und ohne zu zögern schnürte der Hund ins Innere der Stadt.

■

Flugzeuge schwenkten laut über mich hinweg in den Nachmittag hinein oder stiegen hinauf in die höheren Himmel, unter denen die Stadt festgezurrt und bewegungslos auf der sandigen Erde lag.
Schon in der Agonie, hatte mein Körper noch auf die Wunde zu reagieren versucht, falsch und ausweglos die großen Funktionssysteme Atmung, Kreislauf und Zentralnervensystem, hilflos die direkt betroffenen Gewebsregionen. Dann kam der

Blutkreislauf zum Stillstand. Meine Körpertemperatur sank. Kalt wurde es an den Händen zuerst und im Gesicht. Die Kälte kroch ganz in mich hinein immer weiter, kam immer näher, und ich weiß nicht, an was.

Eine Weile noch setzten sich Stoffwechselvorgänge fort, als wäre nichts geschehen, bis nach und nach unkontrollierte biochemische Reaktionen begannen, die, wie ich wußte, so lange ablaufen würden, bis alle Substrat- und Enzymvorräte erschöpft wären. Es regnete nicht mehr.

Und während Feuchtigkeit sich auf die spiegelnde Schneide des Messers neben dem Sessel senkte, auf meine Pupillen und das stockende Blut, sah ich, wie sie unter den kahlen Bäumen wegging und folgte ihr. Sah zum ersten Mal jene Geste, mit der sie sich durchs Haar strich. Erinnerte mich an ihre Lippen. Roch wieder ihre Haut. Hatte nicht bemerkt, daß sie schön war.

Und ich sah, wie die Dämmerung ihr aus der Hand fraß und wie sie hochschaute zu dem offenen Fenster im zweiten Stock, hinter dem ich lag. Verfolgte ihren Blick, zurück zu ihr und weiter in sie hinein, als meine Zunge sie gekannt hatte. Hörte, was sie dachte, und spürte, wie sie fror. Sah, wie der Nachmittag um sie herumfloß, als wäre sie unter Wasser. Wußte, daß sie sich schon kaum mehr an mich erinnerte. Und wie sie sich darüber wunderte, sah

ich, und wie die Stadt sich um sie zusammenzog wie eine Haut über der Haut, in der sie ging.
Sie horchte ihrem Herzschlag nach und wie sie atmete. Fühlte, als wäre es das erste Mal, daß ihre Lider über die Augäpfel zuckten und sie befeuchteten. Sah lange zu, wie sich langsam alles im wolkigen Dunst verschob. Immer mehr verfing sich der Winternachmittag in den Büschen, lag weiß um die Häuser, auf den Bänken, dem Weg. Die hoch gezackte Linie der Häuser jenseits des Parks ausgebrannt dunkel bis auf wenige Fenster, deren Lichter schütter durchs Gestrüpp drangen, durch niedrige Birken, Farne, Schlinggewächse. Selbst künftige Fundstücke und schorfige Erinnerung, versinken die Häuser, alles zermalmend und zermahlend unter sich, langsam in der aufgeweichten Erde.
Sie ging am Parkplatz vorüber und am Photostudio an der Ecke zur Residenzstraße, ging weiter zum Franz-Neumann-Platz und ziellos in die Stadt hinein. In meinen Lungen stand Blut und im Mund, in Speise- und Luftröhre und in der Nase meines nach hinten auf die Sessellehne gefallenen Kopfes mit dem weit klaffenden Schnitt. Matt schimmernd lag die Trachea offen wie ein geborstener Versorgungsschacht, beinern und sehr weiß.

■

Ich versuchte, mich daran zu erinnern, was in der letzten Nacht geschehen war, und spürte wieder den pulsierenden Kopfschmerz. Am frühen Abend wurde eine Rede von Egon Krenz vor dem Zentralkomitee der SED live vom DDR-Fernsehen übertragen. Im Jüdischen Gemeindezentrum im Westteil der Stadt sprach der Vorsitzende des Zentralrates der Juden in Deutschland zum Jahrestag der nationalsozialistischen Pogromnacht. In Wilmersdorf fand eine Sitzung des Deutschen Freidenker-Verbandes statt. Im Planetarium ein Dia-Vortrag über Zeta-Aurigae-Systeme. Kurz nach zwanzig Uhr begann ich zu lesen.

Während der Lesung hatte ich den Kopfschmerz beinahe vergessen, doch als ich danach aus dem Saal hinausging in den Garten und den Rauch der ersten Zigarette einsog, wurde er wieder stärker und begann sich hinter dem linken Auge stechend festzusetzen. Eine Weile stand ich in der kalten Nachtluft und im hell klimpernden Geräusch der Bootsmasten, das von der Anlegestelle unten am See heraufkam.

Als ich die Zigarette auf dem Kies austrat und eine zweite entzündete, hörte ich, wie hinter meinem Rücken die Tür des Wintergartens geöffnet wurde

und Schritte über die kleinen, knirschenden Steine näher kamen.
Können Sie selbst das auch?
Noch ehe ich mich umdrehen oder antworten konnte, sprach die Frauenstimme weiter. Jemandem so weh tun, meine ich, wie Sie es beschreiben.
Mir fiel wieder ein, wie schlecht ich gelesen hatte. Als sträubten sich die Wörter, wenn ich sie aussprach, und verlören störrisch ihren Sinn. Verstand nicht, was sie von mir wollte, und sah mich im Dämmer nach ihr um.
Ja oder nein?
Ich hatte sie in der ersten Stuhlreihe bemerkt, als ich in den Saal hineingekommen war. Bevor ich zu lesen begonnen hatte, war mein Blick an ihren dunklen Pupillen hängengeblieben. Halblange, lockig schwarze Haare. Der aufgestellte Kragen einer Lederjacke.
Ja oder nein?
Da sie wohl dachte, ich überlege, während ich sie ansah, ließ sie mir mit der Antwort Zeit.
Nein, sagte ich schließlich leise, trat die Zigarette im Kies aus und überlegte, ob es mir gelingen konnte, ungesehen in mein Zimmer zu kommen. Da wurde die Tür des Wintergartens wieder geöffnet und Stimmen wurden laut. Schnell ging ich hinab zum See. Und sie kam mir nach.

■

Professor Matern verschob die kleinen, mit weißer Verbandswatte ausgelegten Pappschachteln vor sich auf dem Nußbaumimitat der Schreibtischplatte. Herzschrittmacher aus zwanzig Jahren Medizintechnik, der Fortschritt ablesbar an der abnehmenden Größe der Apparate. Winzige Aufkleber vermerkten die Jahreszahlen der Markteinführung. An der Wand hinter Matern die Arbeitsgeräte des Pathologen, alte Sektionswerkzeuge größtenteils, die er mit kleinen Nägeln und Angelschnur befestigt hatte, als er Direktor des Instituts für Pathologische Anatomie der Charité zu Berlin, Hauptstadt der DDR, geworden war.
Matern hatte sich die Herzschrittmacher am Morgen aus den Schaukästen bringen lassen, wo sie für gewöhnlich neben Endoprothesen und künstlichen Organtransplantaten ausgestellt wurden. Denn heute war, nach langer Korrespondenz und großen Schwierigkeiten mit den behördlichen Genehmigungen, jenes Päckchen mit der Post gekommen, auf das Matern über ein Jahr gewartet hatte.
Vorsichtig entnahm er dem mit Polyethylen ausgeschäumten Kästchen, das kaum größer als eine Streichholzschachtel war, den Apparat der Firma

Matsushita Electric Industrial Co. Ltd Osaka Japan. Das Gerät nutzte, wie er gelesen hatte, die Körperwärme des Patienten und kam so erstmals ohne die Batterien aus, die bisher eine weitere Miniaturisierung von Herzschrittmachern verhindert hatten.

Für das menschliche Skelett, das auf alten Photos der Arbeitsräume Rudolf Virchows, der das Institut gegründet hatte, neben dem hohen Fenster stand, als schaute es hinaus ins Sommerlicht, war kein Platz gewesen. Aber ein Hundepräparat, wie es sich wohl dreißig Jahre lang auf Virchows Schreibtisch befunden hatte, ließ Matern neu anfertigen. Er hatte an einen kleinen Hund gedacht, einen Terrier etwa, nicht zu groß für den Schreibtisch. Als man ihm einen toten Schäferhund brachte, mußte er ihn auf den Boden stellen.

Matern wußte nicht, daß es sich bei dem Kadaver um den eines Grenzhundes handelte, den man zu der Abdeckerei in der Nähe der Rieselfelder im Nordosten der Stadt geschafft hatte, wo ihn jemand an sich nahm, der vom Wunsch des Professors wußte. Immer, wenn Matern hinabsah zu dem Hundeskelett, komplettierte er unwillkürlich die Gestalt mit Muskeln, Fett, Fell, Ohren, Augen, Lefzen. Und immer gab es dabei einen Moment der Unsicherheit, in dem es auch möglich schien, daß sich in seinem Kopf aus den Knochen ein völlig anderes Tier zusammensetzte. Sorgfältig verpackte Matern, bevor er hinabging zur Pforte, wo eine Besuchergruppe auf ihn wartete, die winzige Maschine.

■

Sie war auf ihrem Weg durch die Straßen hinabgestiegen in eine U-Bahnstation. Über Schienen und Bänke kalter Wind aus den offenen Tunneln. Sie versuchte ein Lächeln und sah, wie eine der Tauben aufflog und wieder landete. Räusperte sich und schlug ihre Hände zusammen, als fröre sie. Überlegte einen Moment, ob man ihr ansähe, was sie getan hatte.
Haben Sie Feuer? fragte sie dann.
Er nickte, suchte in seiner Manteltasche und zog ein Briefchen Streichhölzer hervor. Wie immer las er die Werbung auf der Pappe. PHÄNOMEN-WERKE. Sie wartete unaufmerksam darauf, daß er ihr Feuer gebe. PHÄNOMEN-WERKE las auch sie und glaubte zu hören, wie das Streichholz angerissen wurde. Das Schrammen des Zündkopfes über die Reibefläche. Das Aufzischen des Schwefels. Doch als sie sich mit der Zigarette dem Mann zuwandte, sah sie das Streichholz in seiner Hand noch immer unangebrannt.

Sie registrierte noch einmal verwundert und unsicher, daß sie gehört, aber nicht gerochen hatte, wie der Schwefel entflammte. Ihr fiel auf, daß seine Lippen, die ein wenig feucht glänzten, sich bewegten und kräuselten. Sie sah das unversehrte Streichholz in seiner Hand. Da riß er es endlich an. Und sie legte, seine Hand mit der Rechten stützend, die Linke schirmend um die Flamme. Eine Durchsage war nicht zu verstehen.

Die können sie behalten, sagte er und gab ihr die Streichhölzer.

Als der Zug in die Station einfuhr und die Türen aufsprangen, strich sie ganz kurz mit ihrem Handrücken, ohne daß es dazu, so nah stand sie bei ihm, einer ausholenden Geste bedurft hätte, über das Revers seines Mantels. Sie hatte das Gefühl, als gehörte sie allen. Bevor die Türen sich wieder schlossen, trat sie einen Schritt vor, warf die Zigarette weg und stieg ein.

Die Geräusche zogen sich schnell mit dem Zug in den Tunnel zurück, und er hörte, wie es still um ihn wurde. Auch die Empfindung ihrer kurzen Berührung verblaßte. Ohne daß er es gewollt hätte, bewegten sich mit einem Mal seine Lippen. Das Zischen eines Streichholzes kam aus seinem Mund.

■

Es war sehr still unten am See und dunkel über dem Wasser. Eine steinerne Bank öffnete sich zu einem kreisförmigen kleinen Platz, der wie ein Gewölbe so im Dunkel unter den weiten Ästen der alten, hohen Bäume und dem verhangenen Himmel lag, als hätte Natur hier die Kunst nachgeahmt. Der Tuffstein der Brüstung kalt und naß vom Regen der letzten Tage. Als ich mich hinüberbeugte, konnte ich unter mir die Wellen schlagen sehen, die in jener Nacht nur wenige Lichter vom jenseitigen Ufer reflektierten. Ich hörte, wie sie mir nachkam.

Ja oder nein?

Als hätte es meine Antwort nicht gegeben, fragte sie erneut. Doch leise nun, flüsternd, ihr Mund nah an meinem Ohr. Und ich belog sie und nickte. Sie ging mich nichts an. Ja, sagte ich.

Sie stellte zwei Weingläser auf die Brüstung. Ich konnte ihr Gesicht im Dunkeln nicht sehen, doch ihre Hände schimmerten hell auf dem feuchten Stein. Glitten dann auf mich zu und an mir hinab. Sie roch streng unter ihrem Haar. Ihre Halsbeuge war warm und zugleich kühl dort, wo der Wind hinkonnte. Ihre Hand zwischen meinen Beinen, flüsterte sie, als fragte sie mich etwas oder spräche mit jemandem, der hinter mir stand. Ich verstand nicht. Ihre Haut zog sich zusammen an der kalten Luft, und ich saugte mich fest in ihrem Nakken.

Beiß zu, zischte sie plötzlich, und rieb hart mit beiden Händen den Stoff meiner Hose. Tu mir weh.

Ich erstarrte über ihrer Haut und wartete, daß in den Bewegungen ihrer Hände die Zeit verginge. Doch nach einem Augenblick hielt sie inne.

Ja oder nein? fragte sie erneut.

Als ich den Kopf schüttelte und sie dabei berührte, als streichelte ich ihre Wange, ließen ihre Hände von mir ab. Ein Rot wie bei Wolken, die von der Sonne Widerschein strahlen, färbte ihr Gesicht. Und für einen Moment sah ich sie so, wie niemand sie kannte, ihr geheimes Gesicht und die Lust darin.

Dann griff sie schnell, wie nach einer Waffe, was ihr zur Hand war, das Glas auf der Brüstung und schüttete mir den Wein ins Gesicht. Jetzt erzähl nur, du habest mich so gesehen. Wenn du noch erzählen kannst.

Noch verstand ich nicht, was sie meinte. Wollte nur weg, den Abhang hinauf. Doch sie hielt mich am Arm. In der Yorckstraße brannte eine Wohnung aus. Auf einem Friedhof in Neukölln wurden Grabsteine umgestürzt. In der Tunnelröhre zwischen den U-Bahnhöfen Olympiastadion und

Neu-Westend entdeckte ein Zugführer die Leiche eines jungen Mannes, der sich aus einem fahrenden Zug gelehnt hatte und gegen einen Stahlträger geprallt war.
Sie bat, ich möge sie am nächsten Tag besuchen. Der Wind frischte auf, und Regen trieb uns vom See her ins Gesicht. Erst, als ich hinaufstieg in mein Zimmer unter dem Dach, fiel mir ein, daß ich ihren Namen nicht wußte.

▪

Professor Matern räusperte sich und trat einen Schritt näher an die Marmorbüste im Eingang des Instituts. Der Wiederaufbau der im Krieg nahezu vollständig zerstörten Sammlung Rudolf Virchows war Materns größtes Vorhaben gewesen, als er Direktor des Instituts geworden war. Doch trotz wiederholter Eingaben beim Magistrat der Hauptstadt, bei der Akademie der Wissenschaften und beim Institut für Geschichte der Medizin hatte er lediglich erreicht, daß ihm 1980 durch den Generaldirektor der Baudirektion Hauptstadt Berlin, Prof. Dr. Ing. Dr. h.c. E. Gißke, sechzig Ausstellungsvitrinen zur Verfügung gestellt wurden, in denen Matern, provisorisch, wie er betonte, die Reste der Virchowschen Sammlung unterbrachte.

Rudolf Virchow eröffnete das Pathologische Museum der Charité 1899 mit einem Bestand von rund 23.600 Präparaten. Matern räusperte sich wieder. So fand die größte und wertvollste pathologisch-anatomische Sammlung, die je von einer einzelnen Person aufgebaut wurde, ihre würdige Heimstatt. Sie entstand aus der bis heute richtigen und vom Institut für Pathologie vertretenen Ansicht Virchows, man könne eines der wichtigsten Grundlagenfächer des Medizinstudiums, die Pathologie, nur dann optimal lehren, wenn ein umfangreiches dreidimensionales Anschauungsmaterial zur Verfügung stehe. Matern ging langsam den Gang hinab.

Am Beginn der neunundzwanzig Vitrinen umfassenden historischen Abteilung sehen Sie alle Objekte, die Virchow noch eigenhändig etikettiert hat. Es schließen sich Mißbildungen, Tumore und eine Kollektion syphilitischer Schädel an. Hier etwa ein Knochentumor mit viereinhalb Kilogramm Trockengewicht, bei dem die Vorstellung wahrlich schwerfällt, daß er menschlicher Herkunft ist. Ebenso wie bei dem Skelett eines Erwachsenen mit Rachitis daneben handelt es sich bei dem Knochentumor um ein Präparat von hohem medizinhistorischen Wert.

Matern blieb an der Schwingtür stehen und hielt einen Flügel auf, während die Besuchergruppe an

ihm vorbeidrängte. Am Ende des Flures kommen Sie zur Abteilung mit menschlichen Mißbildungen. Mißbildungen waren höchstwahrscheinlich schon in der Antike das natürliche Vorbild für mythologisch überhöhte Wesen wie Zyklopen oder Sirenen. Für beides sehen Sie hier anatomische Vorbilder. Leider kann ein Ischiopagus aus Platzgründen nicht ausgestellt werden.
Als die Gruppe wieder bei ihm stand, ließ Matern den Türflügel los, der noch knarrend in den Scharnieren schwang, als Matern schon weitersprach. In der modernen Abteilung kann man sich anhand ausgewählter Organe über gut- und bösartige Gewächse, Geschwüre, Entzündungen, Herz-Kreislauferkrankungen informieren. In dieser Abteilung sind besonders hervorzuheben ein monströser Wasserkopf und zwei extrem verkrümmte und verwachsene Wirbelsäulen.
Wieder wartete er einen Moment, bis man sich um ihn versammelt hatte. Trat dann einen Schritt zur Seite. Die ältesten Objekte des Instituts stammen aus dem Jahre 1729, weitere wurden im ausgehenden achtzehnten, zahlreiche im neunzehnten, die meisten im zwanzigsten Jahrhundert angefertigt. Die Sammlung ist ein Stück Kulturgeschichte der Menschheit, da sie noch viele Krankheitsbilder enthält, die in unseren Breiten ausgerottet, bedeutungslos, in jedem Fall aber behandelbar gewor-

den sind. In der Kombination von Geschichte und wissenschaftlichem Reichtum ist sie wohl weltweit ohne Beispiel.

▪

Sie fuhr, ohne zu überlegen, quer durch die Stadt. Sah nicht, wie die Fahrgäste wechselten, registrierte weder Kleidung und Gesichter, noch, welche Bezirke sie unterirdisch querte. Nur, als der Zug unter dem Ost-Sektor langsamer wurde und die dunklen und wie ausgebleichten Stationen Rosenthaler Platz, Weinmeisterstraße, Alexanderplatz, Jannowitzbrücke und Heinrich-Heine-Straße vorüberglitten, hakte sich für Momente in ihrem Kopf fest, wo sie war.
Sie sah die aus der Zeit geratene Vergangenheit, die sich hier unter der Erde konserviert hatte. Vorsichtig und provisorisch die unterirdischen Brükkenköpfe der Grenze mit den vermauerten Aufgängen und Unterständen mit Sichtschlitzen. Überall noch, wartend, die alten Stationsschilder und Hinweistafeln.
Dann hörte sie wieder nichts und sah weg und spürte nur, daß man sie von einem Ort zu einem anderen brachte. Wie einen flirrenden Draht spannte man sie. Und als der Zug schließlich hielt und nicht wieder anfuhr, sickerte von sehr weit die

Ansage LEINESTRASSE ENDSTATION in sie hinein und sie folgte den letzten Fahrgästen hinaus. Ging denen nach, die vor ihr gingen, einem älteren Paar und einem Mann.

Als das Paar in eine Seitenstraße einbog, zögerte sie und folgte dann lange dem Mann durch die geraden, mit Kopfsteinpflaster in der Dämmerung glänzenden Straßen, die sich rechtwinklig kreuzten. Schließlich blieb er stehen und drückte eines der hohen Tore auf. Ihr Schritt stockte, dann ging sie weiter. Sah nicht, daß er ihr nachsah. Ging, wie angestoßen, und hörte über sich, wie in ihrer Wohnung, in der ich lag, Flugzeuge. Doch das hatte sie vergessen.

Es war, als entkleidete sich beim Gehen ihr Gedächtnis mit jedem Schritt. Verschwunden schon die eigene Geschichte. Wie fremde Photographien blitzten Erinnerungsbilder auf, die sie, gleichgültig, nicht mehr ordnete.

Einmal blieb sie vor dem Eingang einer Gaststätte stehen. Die weiße Leuchtreklame der Schultheiss-Brauerei im Dämmer über der Tür. Gelbliche Gardinen, Topfpflanzen darunter, blinkende Spielautomaten, ein kopiertes DIN-A4-Blatt im Fenster, POOL-BILLARD. Als sie sich umsah, bemerkte sie den Hund. Schnell und ein wenig schräg kam er heran und setzte sich vor ihr auf die Hinterläufe. Als sie weiterging, folgte er ihr.

Sie bog in einen Weg ein, der nicht mehr von Häusern, sondern von einem Maschendrahtzaun begrenzt war. Straßenlampen in großen Abständen legten nur vereinzelt Lichtkreise über den zugewachsenen Gehweg. Jenseits des Zauns, inmitten von Buschwerk und Gras, sah sie in regelmäßigen Abständen Scheinwerfer, die, noch ohne Licht im frühen Abend, in den Himmel zeigten. An einer zerrissenen Stelle schlüpfte sie durch das Drahtgitter und stieg über die niedrige Brüstung.
Positionsleuchten zeichneten auf die Dachfirste der Häuser ringsum rot die Konturen der Dächer wie Sternbilder. Um sie im Gras glänzten die gleichförmigen Grabplatten amerikanischer und britischer Soldaten. An einem der Scheinwerfer blieb sie stehen, weit genug entfernt von der nächsten Straßenlampe und im Windschatten des Backsteinsockels. Sie wartete einen Moment und hockte sich dann, die Hände in den Taschen, ins kniehohe Wintergras. Als hätte sie das, wie ein Tier, ihr Leben lang getan, verkroch sie sich hinter der Mauer.
Sie spürte noch einmal das Messer in ihrer Hand. Kühl und angenehm schwer. Wie es meine Haut traf. Den weichen Widerstand des Gewebes. Hörte den Ton, als ich durch die Wunde zu sprechen versuchte. Ein einzelnes Wort. Versuchte sich zu erinnern. Ihren Namen, wußte sie, kannte ich nicht. Und in diesem Augenblick vergaß sie ihn selbst.

Reglos saß sie da, als müßte sie nur warten, daß er sie wieder einholte. Sie schloß die Augen und dachte daran, daß ich, tot, noch immer in ihrer Wohnung lag. Daß das Licht noch immer aus den erleuchteten Zimmern auf die Straße drang. Daß sie, noch immer, ihren Namen nicht mehr wußte. Wärme durchschoß sie bei dieser Gewißheit. Ihre Hand glitt unter den Pullover, auf die warme Haut ihres Bauches, weiter zwischen die Beine, und ihre Finger vergruben sich in der Feuchte.

Und sie schlief längst, als der Hund, der sich zu ihren Füßen zusammengekauert hatte, plötzlich aufsprang. Sein Fang für einen Schäferhund ungewöhnlich spitz, und die Rückenlinie über den Widerrist bis zur Kruppe sehr gerade. Lange schnupperte er an der Hand der Schlafenden, die ihr, weich und gefühllos, aus der Kleidung gerutscht war. Als er sich wieder hinlegte, den Kopf zwischen die Läufe geschmiegt, leckte er sich eine Weile noch die hellrot leuchtende Spitze seines Gliedes, bevor auch er einschlief.

■

Der Abend tropfte aus den nassen, schweren Vorhängen, Wind trieb durch das offene Fenster herein, und Schatten krochen über mein Gesicht hinweg in die Zimmerecken. Ein Sturmtief hatte das

Nordseeküstengebiet und Dänemark erreicht. In der Stadt maß man Südwestwind der Stärke vier und eine Temperatur von acht Grad Celsius. Es waren siebzehn Millimeter Niederschlag gefallen. Die Luftfeuchtigkeit lag bei sechs Prozent und der Luftdruck bei eintausendsiebzehn Millibar.

Und während die Winde durch ihre breiten Straßen fuhren und sich an nichts erinnerten, wenn sie über die Stadt hinweg waren wie über anderes Gestein, mischte sich in das schmutzige Restlicht, das dort draußen langsam im Windschatten der Häuser, in den Nischen der Balkone und in den U-Bahn-Schächten verkam, etwas hinein, das ich nie zuvor gehört hatte.

Etwas wie das Atmen der Dinge hörte ich, als das Dröhnen des Sterbens, mit dem der Tod meinen Körper geschlagen hatte, verebbt war, und die Stille kein Atemzug mehr störte, kein Herzschlag und kein Zucken der Wimpern. Es kam durch das Fenster herein von den Steinen der Wände, vom Holz der Dächer und vom Asphalt der Straßen, vom Beton und von den bleiernen Rohren im Boden, und von den feinen kupfernen Drähten, deren Geflechte und Netze alles durchzogen.

Alles, was geschieht, nistet an den Dingen, oxidiert und überzieht sie mit einem unsichtbaren Schmelz. Man sieht das nicht. Der Körper, in dem wir sind, tut nur so, als gehorchte er uns. Doch er allein ent-

scheidet, wohin er den Blick wendet, und wir bemerken nicht, daß wir durch seine gleichgültigen Augen über die Dinge huschen, wie er will. Nur, wenn man tot ist, hört man, wie in einer Stadt alles die Steine zerfrißt. Nun den Dingen gleich, öffnete die Stadt sich hinein in meinen Kopf, und mein Körper reflektierte ihren Lärm.
Ich wußte, an den Aktienmärkten war es zu einer deutlichen Erholung gekommen. Durch die von den USA ausgehenden Zinssenkungstendenzen und den stabilisierten Rentenmarkt waren vor allem Bauwerte, aber auch Papiere aus dem Versorgungsbereich und Kaufhaustitel gefragt. Diskontsatz und Lombardsatz weiterhin unverändert. Ich kannte Dollar- und Goldkurs und wußte, daß die Menge der im Westen kursierenden Ostmark, die seit dem Sommer immer weiter angestiegen war, zehn Millionen erreichte, während sie noch immer schlief und zu ihren Füßen der Hund. Im Ostteil der Stadt berief die SED zum vierten Mal in ihrer Geschichte eine Parteikonferenz ein, und weit im Süden, an der Germaniastraße, erlitt ein Mädchen schwere innere Verletzungen, als es von einem Lastwagen erfaßt wurde.
All das mündete in meinen offenen Kopf auf der Lehne des Sessels, und ich spürte, die zitternde Aufregung der Stadt reichte hinaus bis zu den Aggregaten der Umspannanlagen weit draußen im

Ödland und hinab zu den Motoren der automatischen Wehre in den Abwässerkanälen und in die Bunkeranlagen unter dem Flughafen Tempelhof. Und über Nacht würde in den Wechselstuben der Kurs der Ostmark weiter steigen, und die Unruhe, die in meinem Kopf echote, würde unsichtbar als elektrische Entladung aus der Stadt hinauszittern und durch die atlantischen Kabel dorthin, wo Tag war, zu den überseeischen Käufern und ins grelle Licht des Dow Jones.

Und ich sah zum offenen Fenster hinaus, vor dem die Stadt langsam und ohne Unterlaß stieg und sank und wieder sich auftürmte. Es war still. Nur die schweren nassen Vorhänge, die sich von Zeit zu Zeit im Wind blähten, schliffen scharrend über den Boden. Die Totenstarre stieg mit zunehmender Konzentration an Adenosin-Triphosphorsäure im Muskelgewebe abwärts in meinen Körper hinein und öffnete die Wunde weiter. Langsam und zuerst wurde das Herz mir starr. Dann Zwerchfell, Unterkiefer-, Hals- und Nackenmuskulatur. Ganz von selbst winkelten sich Beine und Arme an, und die Finger schlossen meine Hände zu Fäusten. Die Sonne, um sieben Uhr achtzehn aufgegangen, würde an diesem Tag, an dem ich zu verwesen begann, um sechzehn Uhr vierundzwanzig jenseits des Parks hinter dem Horizont verschwinden, den man nicht sah.

Als der Bischof der Diözese Berlin, Sterzinsky, die Stadt vom Flughafen Tegel aus mit einer Maschine der PAN AM verließ, lebten in meinem Körper noch Spermien. In weitem Bogen, als erteilte er mir mit seiner siegelringgeschmückten Hand die Absolution, schwenkte er über mich hinweg auf seinem Weg nach Rom, wo er am Sonntag an den Feierlichkeiten zur Heiligsprechung der Sel. Agnes von Böhmen durch Papst Johannes Paul II. im Petersdom teilnehmen würde.

II

Plötzlich schwenkten Stimmen und Schritte laut über die Wiese. Perlenschnüre mit Kugeln aus Holz oder Glas wurden klackend um Zeige- und Mittelfinger gewirbelt. Ohne Unterlaß sprangen Sätze so schnell hin und her, daß Rede und Gegenrede, Antwort und Frage sich verloren und kaum ein Satz, nur zufällig einmal, beendet wurde, während den einen stets andere überlagerten.

Der Hund zu ihren Füßen stellte ein Ohr am noch reglosen Körper. Dann, als er aufsprang, erwachte auch sie und sah die Männer in ihren offenen Mänteln herankommen und, ohne sie zu beachten, an ihr vorübergehen.

Das Licht der Scheinwerfer stach jetzt in den Himmel und umgab das hohe Gras mit unzähligen Schlagschatten. Sirren stand um die Lampen in der Luft. Sie dachte, daß sie noch immer ihren Namen nicht mehr wußte. Wenig mehr von sich als das, was ihre Haut registrierte. Die Kälte und die Weise, wie sie atmete und wie die Muskeln sich spannten. War ein Tier neben dem Tier, das neben ihr lag. So blieb ihr nichts, sie stand auf und ging los. Jenen nach, die vor ihr im dämmrigen Nachmittag verschwunden waren.

▪

Als sie schließlich vor einem Café am Paul-Lincke-Ufer stehenblieb, waren vier Stunden vergangen, seit sie mich getötet und ihre Wohnung verlassen hatte. Der Hund, der ihr in einigem Abstand gefolgt war, kam heran und wartete dicht an ihren Beinen. Stühle und Tische waren weggeräumt, die Pflanzen in den Holzkübeln verdorrt und die Blätter der Weinranken verschwunden, die im Sommer am Zaun hochwuchsen. Dunkel und naß wanden die knotigen Äste sich ineinander vor der Glasfront des Lokals. Als sie die Tür aufzog, kauerte der Hund sich inmitten der glänzenden Blätter auf den Boden und sah ihr nach.

Sie dachte an die gedämpften Geräusche am Wasser, an den starken Wind über der Brücke und die Möwen, die dicht über ihrem Kopf in der Luft gestanden hatten ohne einen Flügelschlag. Mit immerzu pendelndem Schnabel hatte abwechselnd je eines der leeren Augen sie angesehen. Und wie jener stecknadelkopfgroße Punkt ohne Halt fiel ihr Blick auf eine ältere Frau, die an einem Tisch nahe der Tür saß.

Ich kann ihre Augen nicht sehen, dachte sie. Dünne, fast durchsichtige Augenbrauenbögen. Matter Puder auf Wangen, Nase und Stirn. Rotes,

langgewelltes Haar. Über dem schmallippigen Mund lag unscharf wie ein Schleier Farbe. Ohne aufzusehen, wendete sie vor sich auf dem weißen Tischtuch einen goldenen Lippenstift in der Hand um und um.
Ein Mann, schmächtig und mit weißem, hochgeschlossenem Hemd, saß ihr gegenüber. Ruckartig, als wäre Draht durch seinen Körper gezogen, folgte er mit dem Kopf der Bewegung ihrer Hand. Niemand sprach. Und erst, als die Kellnerin mit einer gemurmelten Entschuldigung nah an ihr vorüberging, eine Flasche Wein brachte und Gläser, bemerkte sie, wie nah sie vor den beiden stand. Im selben Moment sah die rothaarige Frau zu ihr auf, und ein Lächeln flackerte um ihre Mundwinkel. Schnell sah sie weg und folgte dem Mädchen zur Theke hinüber.

■

Wieder das Geräusch ihrer Schritte, auf das sie, vom Hermannplatz zum Landwehrkanal, mit einem Mal begonnen hatte zu achten. Zuerst war ihr das klackende Geräusch der Absätze und das hell nachgängige Tickern der Ledersohlen auf den Steinplatten der Bürgersteige fremd gewesen. Es hatte sie gewundert, wie es sich gegen den Lärm der Straßen durchsetzte und vom Ineinander der

Geräusche unterschied, stets bei ihr, als fände es sonst keinen Halt.
Der aufgeschlagene Kragen der Lederjacke hatte ihr unter dem Haar im Nacken gerieben. Ob es kalt gewesen war dort im Gras, hatte sie sich gefragt, als wäre ihr Körper ein sehr fernes Gebiet. Die Entfernung nimmt immer noch zu, hatte sie gedacht, und für Momente nicht gewußt, ob die Schritte ihr folgten oder sie den Schritten, die sie nah bei sich hörte. Und so, als folgte sie einer Spur, war sie schließlich zu jener Brücke gekommen. Die Hände auf dem Geländer, hatte sie lange ins Wasser hinabgesehen. Die Möwen, bewegungslos und ohne einen Flügelschlag im Wind, dicht über ihrem Kopf.

■

Im Wasser, das von den Gläsern und von den Händen des Mädchens abtropfte, glänzten die Nägel, und die wachsene Haut war bläulich durchschimmert. Es rieb die Gläser trocken, stellte sie in die offenen Regale und lehnte sich ihr gegenüber an den Tresen. Über dem schwarzen Männerunterhemd eine silberne Kette mit einem Anhänger aus grünem Glas. Das helle Schimmern der Zähne dahinter. Der bleichgescheuerte Dielenboden knarrte unter ihrem Hocker. Dumpf rüttelte der Eiswürfelautomat unter der Theke.

Einen Kaffee, bitte. Das Mädchen sah weg und sah sie wieder an, als es die Kaffeetasse vor ihr abstellte. Wie es die Lippen auseinanderzog, als es lächelte.
Die beiden am Fenster waren außer ihr die einzigen Gäste. Tische, dicht an dicht, reichten bis nahe an die Theke heran. Dem Mann gelang es nicht, den Blick von dem Lippenstift zu lösen, den die Rothaarige noch immer in der Hand drehte, als wäre er es, den sie wie ein Ding von allen Seiten besah. Wie ein Kinderspiel, das nicht endet. Wie ein Abzählreim im Dunkeln. Und er war ganz in ihrer Hand. Wie seine Blicke die weiche Haut ihrer Finger kauten. Wie sich, in seiner Gier, ihre Haut straffte. Das letzte Tageslicht konzentrierte sich im Glanz des Metalls.
Selbst als sie die Hände langsam und vorsichtig aus seinem Blick zog, saß er weiter unbeweglich auf dem Stuhl, zusammengekauert und vornübergebeugt, und starrte auf den Tisch. Sah erst auf, als die Rothaarige schon durch das Weiß der leeren Tische herübergekommen war zur Theke und leise fragte, ob sie sich zu ihnen setzen wolle. Sie schüttelte den Kopf. Nein.
Sie sah, wie der Blick des Mannes, als suchte er etwas, unruhig über das weiße Tischtuch strich. Und konnte, den Atem der Frau an ihrer Wange, nicht wegsehen. Dann spürte sie den sanften

Druck, als sie ihren Unterarm faßte, stand auf und ließ sich hinüberführen dorthin, wo er auf sie wartete. Strich mit der Hand über das Tischtuch und setzte sich.

Auf einem Tisch, dachte sie, liegt alles offen, in Reichweite von Hand und Blick. Alle Dinge, dachte sie, besiedeln einmal seine Oberfläche und warten darauf, daß man sie gebraucht. Wie auf eine Lichtung kommen sie zuverlässig hierher. Nur ich, dachte sie, habe keinen Ort und bin weniger als die Dinge.

Sie nahm die beiden Weingläser und stellte sie auf den Nebentisch. Ob sie etwas trinken wolle, fragte die Frau. Sie schüttelte den Kopf. Nahm die Flasche und stellte auch sie weg. Wie sie heiße, fragte die Frau. Sie antwortete nicht. Ich bereite mir, dachte sie, einen Tisch im Angesicht meiner Feinde. Sie strich über die Tischdecke hin. Will mich, dachte sie und mußte lächeln bei dem Gedanken, wie die Dinge niederlassen in ihren Blikken, die sich über mir kreuzen sollen wie über allem anderen.

Sie stand auf, schob den Stuhl zurück und kroch, mit den Händen sich haltend und mit dem linken Knie voran, auf den Tisch. Drehte sich aus der Hocke auf den Rücken. Im Nacken und in den Kniekehlen hart die Kanten des Tisches. Kreuzte die Arme über der Brust und schloß die Augen.

Dachte an das Messer und daran, wie die Erinnerung ihr durch den Leib schnitt. Welchen Namen, dachte sie, hat das Ding, das ich bin?

■

Die Rothaarige beugte sich über sie und begann, sie mit vorsichtigen Handgriffen zu entkleiden. Das Mädchen kam hinter der Theke hervor und nahm, als die Frau sie ihr reichte, die Kleidungsstücke entgegen. Mit beiden Händen zog sie den Pullover hoch, schob vorsichtig die Arme durch die Ärmel und streifte ihn ihr über den Kopf. Öffnete die Knopfleiste, die Manschetten der grauen Bluse, die Knöpfe der Jeans. Zog ihr die Schuhe von den Füßen und die Hose aus. Streifte die Strumpfhose herab. Nahm wieder die Arme und führte sie durch die Ärmel der Bluse. Zögerte einen Moment.

Da öffnete die auf dem Tisch die Augen. Nein, ganz.

Die Frau nickte. Knöpfte auch die Unterwäsche zwischen den Beinen auf, schob den dünnen Stoff hoch und zog ihn ihr über den Kopf.

Als sähe sie ihn zum ersten Mal und begrüßte ihn, lächelte sie dem Mann zu und strich mit der Hand über die weiße Tischdecke. Dachte, daß ihre Arme ihr nicht gehörten und ihre Hände nicht, ihr Mund nicht, nicht ihr Bauch, und rekapitulierte und memorierte sich selbst. Sah, wie er sie sah. Ihre in den Kniekehlen abgewinkelten Beine. Wie aufgebogen hob sich ihr Becken. Am ragenden Einschnitt ihres Geschlechts drehte und wendete sein Blick sie. Der dünne dunkle Haarflaum, der diese Achse fortsetzte über dem Bauchnabel bis hin zwischen ihre hohen Brüste. Schlüsselbeine und Schultergelenke brachen an den über die Tischkante hängenden Armen auf. Ihre weißschimmernden Achselhöhlen unter seinem Blick.

Komm her! flüsterte sie, und er beugte sich herab zu ihr.

Wie heißt du?

David.

Fick mich, David.

Was sie aber dachte, war etwas anderes. Sie phantasierte sich den Geruch seiner Finger. Nach Rauch und Speichel und säuerlichem Schweiß. Stellte sich die zerrissenen Nagelhäute vor und den Schmutz unter den Nägeln und daß immer etwas an seinen Händen hafte. Daß er immer nach etwas rieche, daß er eine Geschichte habe, daß er wisse, woher er komme, daß er nicht tot sei. Komm, fick mich, sagte sie nochmals.

Die Rothaarige begann zu lachen, und das Lachen stieg ihr laut in die Schultern. Er wartete, daß es aufhöre. Dann sah er sich nach ihr um. Darf ich mich ausziehen, bitte?

Es blieb nur ein Lächeln um ihren Mund von dem Gelächter, als sie nickte und zusah, wie die auf dem Tisch ihn in ihrem Blick empfing.
Ganz nah stand er vor ihr, öffnete den Kragen und die Knöpfe des Hemdes, den Gürtel und die Knöpfe der Hose. Als er die Unterhose von den Hüften schob, erschrak sie. Sah, daß er verstümmelt war, und schloß entsetzt vor der rotgeränderten Narbe die Augen.
Bitte nicht. Sieh mir zu! bat er, und nach einem Moment des Widerwillens und der Angst vor dem, was sie gesehen hatte, öffnete sie die Augen wieder.
Es war, als ob sein Schmerz ihren Körper ritzte. Sie sah, daß die Eichel seines Gliedes, mit einer Rasierklinge oder einem Skalpell, dachte sie, tief längs gespalten war über den Ausgang der Harnröhre hinweg. Und vorsichtig, mit einer Erregung, die sich an ihrem Blick entzündete, begann er sich zu streicheln, und sie sah, daß er beobachtete, wie sie ihm zusah. Sein Glied nah an ihrem Gesicht. Wie seine Hand sich schloß und rieb, dann wieder öffnete und er mit dem Daumen die klaffende Narbe massierte.
Sie hörte nicht, daß draußen vor dem Fenster der Hund laut zu bellen begann, nicht, daß das Bellen aufhörte, und sah nicht, wie der Hund ins Dunkel verschwand. Es war, als sähe sie sich selbst, ver-

letzt und aufgerissen, und die verschiedenen Körper wären nur Hüllen über dem einen. Als öffnete allein der Anblick die fremde Erinnerung, spürte sie noch einmal, wie die Klinge ihm in die Haut fuhr. Phantome der Wunde strichen über sie hin solange, bis der Schmerz schließlich die Grenze zwischen Kopf und Körper durchbrach und sie als Lust durchschoß.

Ihre Haut zog sich vor Erregung wie vor Kälte zusammen. Sie spürte, wie sich ihre Schamlippen feucht voneinander lösten und öffneten. Stellte sich vor, wie sie ihn in den Mund nähme. Zitternd und in dünnen Stößen floß ihr das Sperma auf die Haut.

III

Als ich in der Nacht von ihr kam, stand ich lange am Fenster und sah die zweifache Spiegelung meines Gesichts im doppelwandigen Isolierglas. Nur wenig Licht vom Geflitter auf dem See kam herein und verlor sich von Dachstrebe zu Dachstrebe. Am nächsten Tag wollte ich abreisen. Ich zog den Vorhang zu, setzte mich an den Schreibtisch und schaltete den Computer ein.

Der Ventilator des 8088er IBM begann laut zu brummen. Während der Rechner hochbootete, ließ ich den schwergängigen Verschluß des Diskettenlaufwerkes unruhig auf- und wieder zuschnappen. Schließlich meldete ein schnarrender Ton, daß sich das Betriebssystem konfiguriert hatte. Auf dem Bildschirm flammte Turbo – XT 1986 speed 4.77/8.00 Mhz. auf und verschwand wieder, C:\ erschien, und der Cursor blinkte.

Ich zog die Tastatur heran, auf der lange schon E, A und S nicht mehr zu lesen waren. Gab WP ein. WORDPERFECT VERSION 3.1. Copyright 1982. All rights reserved. WORDPERFECT CORPORATION OREM UTAH USA. Das Inhaltsverzeichnis der Textverarbeitung baute sich auf. Ich öffnete mehrere Dateien und las in verschiedenen Texten. Wußte nicht, wonach ich suchte. PAGE DOWN

Page down. Saß im weichen bernsteinfarbenen Licht der Buchstaben, das dämmrig über die Tastatur fiel, über den Tisch und meine Hände.
Open new file. Ich stellte mir vor, das Licht der Lampe neben dem Bett würde fahl, während vor dem Fenster der Nebel vom Wasser hochkröche. Sie läge müde, die Bettdecke beiseite geschoben, im Halbdunkel. Ich kenne sie nicht, dachte ich. Stellte mir vor, ich säße, die Beine übereinandergeschlagen, nackt auf dem knarrenden Stuhl, ein Laken über der Lehne, damit das Holz nicht so kalt wäre, und sähe sie an.
Ich schrieb, mir fiele mit einem Mal auf, daß sie älter geworden wäre. Zeichen von Ermüdung des Körpers, der Glanz der Haare matter, die Verbrennungen durch die Sonne im Sommer deutlicher. Sähe sie an, dort auf dem weißen Laken, und das, was ich sähe, wären meine Spuren. Wie ihre Brüste sich verändert hätten. Jene Stelle zwischen Achsel und Oberarm, an der jetzt Falten lägen, scharfe Kanten, in denen sich ein Rot wie Blut sammelte.
Ich kenne sie nicht, dachte ich, saß lange vor dem Bildschirm und wartete. Stellte mir vor, sie hielte still. Angenommen, sie hielte still. Ich beschrieb, wie sie daläge mit angezogenen Beinen, und wie sich die Linie an der Schenkelinnenseite beinah zum Halbkreis rundete. Vertraut wäre mir das al-

les. Ich kenne diese Frau nicht, dachte ich, und meine eigene Sprache verriet mich. Kein Satz fiel mir mehr ein. F7, WP beenden?, J. Der Bildschirm erlosch und schüttete die Dunkelheit nun genauso aus wie zuvor das Licht.
SIM. Sofort stand wieder Licht im Raum. Eine Melodie fiepte aus dem Lautsprecher und eine Textbox forderte mich auf, mein Alter einzugeben. Der Cursor blinkte gleichmäßig. Ich tippte 2 und 4, und die Maske wechselte. Drei Fragen. Immer wieder brach das Programm bei falschen Antworten ab. SORRY.
Ich ging ans Fenster, zog den Vorhang wieder zur Seite und sah hinab auf den See. Vom Geruch ihrer Haut wußte ich und welche Farbe in ihren Augen gestanden hatte dort unten, und immer wieder dachte ich an das, was ich nicht hatte sehen dürfen. Deshalb war ich noch da. Und mußte nun zusehen bei dem, was in mir geschah, und um mich her und ihr. Wie ein Computer, den man, lange bevor er nicht mehr funktioniert, einfach vergißt. Er wartet und saugt die Zeit auf, bis einer den On-schalter drückt. Nur jenen Moment des Zögerns, so, wie jemand Ruhe erbittet, um sich zu konzentrieren, braucht es, bis wieder alle Daten konfiguriert sind und der Cursor blinkt.
Ich ging in jener Nacht zurück in das bernsteinfarbene Licht und beantwortete noch einmal die drei

Fragen. Träumte mich in die matte, augenschonende Dämmerung der elektronischen Speicherräume hinein, hin zu den hellen Feuern, an denen man vorbeisteigt in der Tiefe und immer weiter ins Flimmern der Halbleiter hinab und in jene einfachen Zustände stummer Ladungsübertragung.
Die Gedanken, die Maschinen sind, haben keine Zeit. Und ihr Nichtvergessen verändert die Dinge. Nichts mehr kann nicht angesehen werden. Nichts an den Dingen vergeht mehr. Erinnerung entsteht auf neue Weise. Es gibt keine Spur mehr jenseits der Speicher. Spät erst, als bereits der erste Dämmer des Tages, an dem ich sterben würde, über den See kroch, kam ich zögernd wieder an die Oberfläche zurück.
Ein Mann tötete zu dieser Zeit seine vierunddreißigjährige Ehefrau. Versehentlich berührte er den Abzug einer mit sieben Patronen geladenen und entsicherten Pistole des Modells P1, die er als ältester Sohn im vergangenen Jahr von seinem in der Türkei verstorbenen Vater geerbt und nach Berlin geschmuggelt hatte. Beinahe jede Nacht hatte er sie aus dem Nachttischschrank im ehelichen Schlafzimmer genommen, betrachtet, gereinigt und wieder zurückgelegt.
Ächzend begann der Laserkopf, die Daten des Programms von der Festplatte in den Arbeitsspeicher zu laden. Dann baute sich, Zeile für Zeile, das Bild auf und darüber der rote Schriftzug SIMCUNT.

▪

Die Augen geschlossen, lag sie noch immer auf dem Tisch. Die Nacht war über die Stadt gefallen, und die weißen Tischtücher glommen und schwebten im Dunkel, in dem Tische und Stühle längst versunken waren. Als Lara und David gegangen waren, hatte sie den Lufthauch registriert, der durch die offene Tür über ihren Körper strich. Hatte gehört, daß das Mädchen hinter den beiden abschloß. Spürte jetzt, wie es sie betrachtete.

Wie heißt du?

Wibke.

Die Stimme des Mädchens sehr nah. Letztes Jahr gab es dort, wo ich am Meer war, kreisrunde Mulden am Strand. Das Wasser hatte sie in die gelben Felsen gegraben, und bei Flut wurden sie überspült. Sie waren innen mit grünen, dichten Algen bewachsen. Weicher als Gras und wie gekämmt zum Meer hin. Dunkles Wasser stand bei Ebbe darin.

Das Mädchen konnte nicht aufhören, sie anzusehen. Sie muß frieren, dachte es, und beobachtete, wie sie abtauchte ins Dunkel. Wie sie riecht, dachte es. Wie kalter Schlaf. Sprach immer leiser, je höher die Nacht um sie stieg.

Als ich hineinstieg, konnte ich die Kälte kaum ertragen. Ich hielt mich am Rand fest wie in einem Bassin. Meine Haut wurde kalt und hart, und ich stellte mir vor, wie sie immer dunkler würde und so kalt wie die Algen, über die ich hinstrich mit der Hand. Und ich konnte nicht genug bekommen von meiner eigenen Haut und leckte mir den salzigen Geschmack von den Fingern.

Sie spürte, wie die Hand des Mädchens sie ganz leicht an der Schulter berührte, und für einen Moment war das, als sähe David sie an. Dieses Gefühl, wußte sie, würde sie nun nicht mehr verlassen.

Chris hat mich erschrocken weggestoßen, als ich mich später am Strand an ihn legen wollte. So kalt war ich.

Wer ist Chris?

Mein Freund.

Sie öffnete die Augen und sah, daß das Mädchen aufgestanden war und sich über sie beugte. Die Muskeln der nackten Schulter, über die der Träger des Unterhemdes lief, spannten und streckten sich unter der Haut, die glatt und weich im Nachtlicht schimmerte. Eine Achselhöhle öffnete sich langsam und weiß nah an ihrem Gesicht. Mit der Spitze der Zunge, deren Wärme ihre kalte Haut stach, leckte das Mädchen etwas von dem Sperma auf, das auf ihren Bauch getropft und dann langsam an der Seite hinuntergeflossen war.

Ich mag es, wenn es kalt ist, flüsterte es. Dann lachte es laut.

So, wie ein heftiger Windstoß plötzlich über stilles Wasser hinfährt, begannen die weißen Tischdekken sich in diesem Lachen aufzuplustern, und die Nacht unter ihnen begann in tiefen dunklen Wellen zu wogen und sich aufzuschaukeln. Und sie wußte, sie war mitten darin.

Während Wibke ihr vom Tisch herunterhalf und sie, das Bündel ihrer Kleider im Arm, in einen kleinen Raum hinter der Theke führte, erzählte das Mädchen, es arbeite heute noch auf einem Fest. Wenn sie wolle, könne sie mitkommen. Chris werde auch da sein. Sie sah zu, wie Wibke sich umzog. Die Jeans vertauschte das Mädchen mit einem kurzen schwarzen Rock und das Unterhemd mit einem Bustier. Darüber wieder die Kette mit dem Fläschchen aus grünem Glas.

Wer war die Frau?

Lara? Sie kommt oft hierher.

Ist er, David meine ich, ihr Mann?

Ich glaube nicht. Wibke fiel die Visitenkarte wieder ein, die ihr die Rothaarige beim Hinausgehen zugesteckt hatte. LARA MATERN. Eine Adresse in Ostberlin.

Sie fuhren zum Kottbusser Damm und am Ufer des Kanals entlang bis zur Fußgängerbrücke am Hotel Esplanade. Wibke parkte den Wagen, holte hinter dem Sitz ein Paar Pumps hervor und wechselte die Schuhe. Dann gingen sie über die Brücke zu dem

Schiff hinüber, dessen hell erleuchtete Fenster große Laken Licht auf das dunkle Wasser legten.

■

Zu dieser Zeit hatte Lara Matern den Bahnhof Friedrichstraße längst in Richtung Karlshorst verlassen. Wie immer, hatte sie darauf geachtet, daß sie nichts von ihren Ausflug nach West-Berlin bei sich trug, was auffällig sein konnte. Warf stets alles weg, was sich bei ihren Streifzügen ansammelte, und verstand in jenem langen Moment, bevor der Zug anfuhr, ihren Mann, der sich immer geweigert hatte, in den Westen zu reisen. Erst die Fahrt aus der Stadt hinaus nahm ihr das Gefühl der Beklemmung.
Wie ein Tier in seinen unterirdischen Bau kehrte sie nach Hause zurück. Und während sie die Stationen Marx-Engels-Platz, Alexanderplatz, Jannowitzbrücke, Ost-Bahnhof, Warschauer Straße, Ostkreuz, Rummelsburg abzählte, brach der Tag ins Dunkel hinüber. Als sie den Meridian überquerte, an dem der Dämmer der Nacht wich, schien es Lara, als bräche die Unruhe, die sie wie ein bevorstehendes Gewitter den ganzen Tag gespürt hatte, endlich auf.
Erschrocken sah sie zu David hinüber, der ihr auf

der hellen Holzbank gegenübersaß, und beruhigte sich bei der Vorstellung, wie sie über seine Narben hinleckte. Das Gefühl umschnürte sie wie die Stangen eines Korsetts. Im Zugfenster trafen sich in der Spiegelung der Gesichter ihre Blicke. Davids hochgeschlossenes weißes Hemd wischte im Glas über die Büsche am Bahndamm, und er erinnerte sich an jene Gelegenheiten, als er hatte zusehen dürfen, wie sie sich schminkte. Die Haut ihrer Wangen war pelzig und weich.

▪

Sie stand im Schatten der Bäume auf dem schmalen Grünstreifen am Ufer des Landwehrkanals und sah in den Saal des Restaurantschiffes vor dem Hotel Esplanade hinunter. Wie man sich begrüßte, umarmte und miteinander sprach. Wie die Kellner Getränke durch den Raum trugen, in Menschentrauben verschwanden, die sich auflösten und neu gruppierten. Wie Hände geschüttelt wurden und Gesichter nah aneinander gerieten. Nie, bemerkte sie, als sie schließlich den Steg überquerte und an der Reling entlang zu jener niedrigen weißen Metalltür ging, die hinunterführte ins Schiffsinnere, sah jemand nach draußen.
Die schmale Treppe hinab, in der man auf einer Seite nach unten drängte, während andere schon

wieder hinauswollten, kam sie in einen mit Holzfurnier ausgeschlagenen Gang, der sich zum Saal hin öffnete. In der lauten Musik, dem Stimmengewirr und der Hitze, die aus dem niedrigen Raum herausdrangen, roch sie Schweiß, Alkohol und verschiedene Parfüms.

Einmal gab die Menge den Blick durch den schmalen Raum bis zum Bug frei. Hinter einem Buffet mit Gläsern, Flaschen, kalten Platten und Porzellan sah sie einen Kellner in weißer Livree, der vor sich hinstarrte und gelangweilt an seiner dunkelroten Fliege nestelte. Dann verschwand er wieder hinter den Gästen.

Sie fand die Toilette, tastete nach dem Schalter ins Dunkel hinein und schloß, als der kleine Raum im hellen Licht zweier Neonröhren neben dem Spiegel gleißend aufstrahlte, hinter sich ab. Hier, in der engen und sehr warmen Kabine, war es still. Sie wusch sich das Gesicht mit der Waschpaste aus dem Seifenspender. Hielt ihre Handgelenke lange in den Strahl kalten Wassers. Erinnerte sich an das tropfende Wasser in einer Saline, die sie einmal besucht hatte.

Wie das Salz gläsern an den schwarzen Zweigen kristallisierte. Unvorhersehbar, von welchem der glänzenden Äste das Wasser auf welchen anderen tropfte, wo es sich sammelte und an welcher Stelle schließlich verdunstete, damit das weiße Salz

bliebe, dachte sie, und daran, wie sie nackt vor ihm auf dem Tisch gelegen hatte. Stellte sich vor, er hätte sich herabgebeugt zu ihr und sie ihn im Mund gehabt. Als klebte sein Name auf ihrer Haut, wischte sie darüber hin und spürte für einen Moment noch einmal den Schmerz.
Sehr genau betrachtete sie ihr Gesicht, das keinen Namen mehr hatte, im Spiegel. Versuchte noch einmal, sich daran zu erinnern, wie sie vor diesem Tag gewesen war. Nichts wußte sie mehr von sich. Ob sie schüchtern gewesen war oder nicht. Alleine oder nicht. Auf ihrer Haut fanden sich keine Spuren. Nur, daß sie da war. Und plötzlich, während sie sich ansah, mußte sie lächeln. Lange betrachtete sie ihr Lächeln im Spiegel und leckte sich die Lippen.

■

Mir ist eben mitgeteilt worden, daß eine Mitteilung des Ministerrates der DDR heute schon verbreitet worden ist. Sie müßte eigentlich in Ihrem Besitz sein.
Günter Schabowski, Mitglied des SED-Politbüros, zögerte einen Moment und sah sich im Raum um. Die vom Ersten Programm des DDR-Fernsehens übertragene internationale Pressekonferenz zur dreitägigen Sitzung des SED-Zentralkomitees in

Ost-Berlin dauerte schon über eine Stunde. Es war achtzehn Uhr siebenundfünfzig.
Privatreisen nach dem Ausland, fuhr Schabowski fort, können ohne Vorliegen von Voraussetzungen, Reiseanträgen und Verwandtschaftsverhältnissen beantragt werden. Die Genehmigungen werden kurzfristig erteilt. Die zuständigen Abteilungen Paß- und Meldewesen der Volkspolizei-Kreisämter in der DDR sind angewiesen, Visa zur ständigen Ausreise unverzüglich zu erteilen, ohne daß darin noch geltende Voraussetzungen für eine ständige Ausreise vorliegen müssen. Ständige Ausreisen können über alle Grenzübergangsstellen der DDR zur BRD erfolgen. Damit entfällt die vorübergehend ermöglichte Erteilung von entsprechenden Genehmigungen in Auslandsvertretungen der DDR beziehungsweise die ständige Ausreise mit dem Personalausweis der DDR über Drittstaaten.
Er hielt inne, als hätte er erst jetzt, nachdem es ausgesprochen war, etwas bemerkt, das seine Gedanken so sehr beanspruchte, daß er die Journalisten im Saal und die Kamera, die ihn beobachtete, einfach vergaß. Und als er schließlich weitersprach, schien das Mikrophon nur mehr zufällig seine Stimme einzufangen.
Die Paßfrage, sagte er so langsam, als frage er sich selbst, kann ich jetzt nicht beantworten. Das ist

auch eine technische Frage. Ich weiß nicht, die Pässe müssen ja, damit jeder im Besitz eines Passes ist, überhaupt erst mal ausgegeben werden.
Und wieder schwieg er. So, als lösten seine Gedanken sich von dem losen Ende des Satzes, das in der Stille flatterte. Trieben weg zu einer Erinnerung, in eine andere Zeit und in ein ganz anderes Licht. Und erst, als er pelzig auf der Zunge schmeckte und bitter, wie weit er sich entfernt hatte, schrak Schabowski auf. Noch einmal befühlte er die Erinnerung mit der Zunge, nahm sie dann zwischen die Zähne und zerbiß sie schnell. Wir wollten aber, sagte er.
Doch schon implodierte der Raum, den sein Schweigen geschaffen hatte. Wann?
Nach meiner Kenntnis sofort, unverzüglich.
Ohne Zögern, doch seltsam gleichgültig retournierte er die Fragen der Journalisten. Und während er sprach, warteten bereits dicht vor seinem Mund ihre nächsten Wörter.
Sie hatten auch BRD gesagt.
Der Ministerrat hat beschlossen, daß bis zum Inkrafttreten einer entsprechenden gesetzlichen Regelung durch die Volkskammer diese Übergangsregelung in Kraft gesetzt bleibt.
Gilt das auch für Berlin-West?
Ja, alle Grenzübergangstellen der DDR zur BRD bzw. zu Berlin-West.

Er wußte, es war vorbei. Längst interessierte ihn nicht mehr, was er sagte.

▪

Als es an der Tür klopfte, strich sie sich, bevor sie öffnete, schnell mit den feuchten Händen durchs Haar. Wibke drängte herein.
Das ist Chris.
Christian Kirchberger, verbesserte er, faßte sie an den Schultern und küßte sie auf beide Wangen. Sie bemerkte die Aknenarben. Die dünnen, etwas strähnigen Haare, die weit in die Stirn reichten und im Nacken bis über den Hemdkragen. Noch einmal strich sie sich mit der Hand durchs Haar.
Da nahm er lachend ihren Arm und führte sie, an Wibke vorbei, hinaus. Kolorierte Stiche an den Wänden zeigten Ansichten von Berlin. Versehentlich stieß sie mit dem Fuß ein Glas um, und Orangensaft schwappte hell über den dunkelroten Teppich. Kirchberger lachte wieder. Doch sein Lachen drang nicht durch den Lärm, der zwischen den Mündern stand, die sich immerzu bewegten, den Augen, den gestikulierenden Händen und den Lichtern, die in einem fort reflektiert wurden. Vom Metall des Schmucks, den eloxierten Kunststoffen und den Lacken, mit denen die Fingernägel rot und blau und silbergrün überzogen waren.

Von den glänzenden Farbpigmenten auf den Lippen und den farbigen Pudern auf Lidern und Wangen.
Eine Hand an ihrem Unterarm und eine um ihre Hüfte, flüsterte Kirchberger dicht an ihrem Ohr Namen, und die Menge schien sich um sie zu teilen und schloß sich hinter ihnen wieder. Ob er sie Hajo Schween, dem Gastgeber, vorstellen solle, fragte er und grüßte mit einem Kopfnicken zu einem dicklichen Mann in dunkelblauem Anzug hinüber, der ihnen zuwinkte und lachte. Dann beugte sich jemand vor und verstellte den Blick. Nein, sie wolle ihn nicht kennenlernen.
Sie sah, wie sich ein Mund öffnete, wie ein Kopf in den Nacken geworfen wurde, sah lange Fingernägel, die sich in die wattierte Schulter eines Jacketts gruben, eine Hand mit einem Glas, jemand, der sich räusperte, einen Zeigefinger an einer Schläfe, eine Umarmung, immer wieder lachende Münder, einen Blick zur Uhr, eine Fußspitze, die über den Boden strich, ein bestrumpftes Bein und wie ein Rock schwang, wie eine Zigarette entzündet wurde, und den Blick eines älteren Mannes, der sich nach einer Frau an einem der Tische umsah.
Was macht er? fragte sie.
Schween? Das wissen Sie nicht? Kirchberger war überrascht. Er war Filmemacher.
Und?

Ihm gehört ein Radiosender.
Sie roch, was zwischen den Körpern stand, Zedernholzaroma und Patschuli, Moschus und Rosenöl und Zimt und den sich verflüchtigenden Alkohol aus den Gläsern, säuerlichen Weingeist und Hopfen, Wacholder und Anis, und die Gerüche vermischten sich mit den Gerüchen der Haut, die unter der Kleidung hervorsickerte, während die Körper im Gehen die Stoffe aneinanderrieben. Leinen, Seide, Baumwolle, Samt, Leder, Viskose und Acryl, dachte sie und trieb an allen vorbei.
Erzählen Sie von sich.
Er roch aus dem Mund und hatte gelbliche, unregelmäßige Zähne. An mehreren Stellen waren die Zahnhälse schwarz. Er hatte blaue Augen. Er will mich. Und was? fragte sie.
Seit wann kennen Sie Wibke?
Seit heute. Warum?
Gefällt sie ihnen?
Er legte den Arm um ihre Schulter und war ganz nah an ihrem Gesicht. Ich rieche, wie er mich will, dachte sie und begann zu erfinden. Ich wohne in einer kleinen Pension.
In einer Pension?
Ja. Sie nickte und lächelte ihm zu. Umsonst. Wenn Gäste das Zimmer wollen, muß ich raus. Doch wenn sie wieder weg sind, gibt mir der Besitzer den Schlüssel. Es ist ein Spiel. Ich ziehe die Vorhänge

zu und lege mich in das ungemachte Bett. Liege in diesem fremden Geruch, der mich ekelt. Schlafe kurz ein, obwohl ich es nicht darf. Ich muß aufpassen, wann die Tür zur Rezeption schlägt. Das ist das Zeichen, sagte sie und sprach wie zu sich selbst. Beachtete den Lärm nicht, in dem ihre Stimme beinahe unterging.
Was für ein Zeichen?
Sie blieb mitten im Saal an einer der gußeisernen, weißlackierten Säulen stehen, als die Musik plötzlich ausgeschaltet wurde und jemand um Ruhe bat. Sie hörte Lachen, Klatschen, eine Männerstimme. Kreativität, Erfahrung und Dynamik. Geistige, kreative Elite des Landes.
Ich muß aufstehen und abschließen, wenn seine Schritte im Gang ganz dicht vor der Tür sind, sagte sie, als die Musik wieder einsetzte. Muß mich mitten ins Zimmer stellen und ausziehen. Darf mich nicht umsehen. Höre, wie er den Schlüssel mit irgend etwas nach innen durchs Schloß stößt. Wahrscheinlich schaut er durch das Schlüsselloch, aber das weiß ich nicht.
Schauen Sie sich nicht um?
Ich darf nicht, sagte sie lächelnd. Ich darf mich auch nicht umsehen, wenn ich schließlich höre, daß er hereinkommt. Muß mich ins Bett legen und so tun, als schliefe ich. Er wartet an der Tür noch eine Weile, kommt dann herüber und bleibt vor

mir stehen. Ganz leise, als wollte er mich nicht wecken, zieht er seine Hose aus. Das dauert sehr lange, weil er sich so bemüht, kein Geräusch zu machen, verstehen Sie?
Er nickte. Als sie sah, daß er wußte, wovon sie sprach, erzählte sie weiter. Er öffnet die Gürtelschnalle so vorsichtig und den Reißverschluß seiner Hose so langsam, daß ich jedes einzelne Metallzähnchen knacken höre. Dann schlägt er die Decke zurück, drückt mir die Beine auseinander und besteigt mich hastig.
Sie zögerte einen Moment und bemerkte, als sie sich umsah, nah bei sich ein Gesicht. Faltig und von hellem Puder mattweiß. Zitternd verzogen sich dünne, stark geschminkte Lippen zu einem Lächeln. Schnell wandte sie sich ab und ließ sich mit der Menge wegtreiben.
Was geschieht dann? Kirchberger kam ihr nach.
Nichts, sagte sie und blieb stehen. Kaum ist er fertig, geht er. Ich darf die Augen nicht öffnen. Er schließt hinter sich ab. Ich lüfte dann, beziehe das Bett neu und bade. Schlafe lange, sagte sie und schwieg. Ihr gefiel die Geschichte. Wünschte sich, sie wäre wahr. Wissen Sie keine Wohnung für mich?
Er schüttelte den Kopf. Hielt ihr ein Glas an die Wange, und sie sträubte sich nicht. Nahm ihm das Glas aus der Hand und trank gierig den kalten

Wein. Trank noch einen Schluck. Beschirmte mit der Hand die Augen an der Fensterscheibe, sah das Wasser und dahinter, im Dunkel, die Umrisse ferner Häuser. Kirchbergers Stimme nah an ihrem Ohr. Doch sie verstand nicht, was er sagte, und spürte seine Berührungen nicht. Ließ sich überall anfassen. War in Gedanken jenseits des Lichts, das weiß auf dem Wasser lag. Es schien ihr, als sähe sie in der dunklen Böschung am anderen Ufer des Kanals den Hund für jenen kurzen Moment zwischen einem Schatten und dem nächsten. Sah zu, wie ein Schwan schmutzigweiß im Dunkeln langsam den Kanal hinabtrieb.

Als sie sich wieder umdrehte, war Kirchberger verschwunden, und alle um sie her drängten zum Eingang, niemand saß mehr an den Tischen, alle standen und schauten, und immer noch mehr Gäste kamen herunter in den Saal. Sie sah, wie man miteinander flüsterte und sich etwas zurief und wie eine Nachricht umlief von einem zum anderen. Wibke kam mit Gläsern und Tellern heran, und als man dem Mädchen für einen Moment Platz machte, sah sie inmitten der Menge einen älteren, hochgewachsenen Mann in grauem Anzug, der eine junge, blonde Frau und einen vollbärtigen Mann in Jeansjacke untergehakt hielt. Sie sah, wie der Vollbärtige mit spitzen, rotlackierten Fingern gefüttert wurde und wie man sich drängte, mit der

Blonden anzustoßen. Kreiselnd bewegte sich die Menge schnell durch den Saal und war plötzlich heran.
Nur mal kurz rüber, rief die Blondine. Wir wollten nur mal gucken! Senatsrat Dr. Ewald Roll, sagte der Mann im grauen Anzug. Die Mauer ist offen. Die beiden sind von drüben. Ganz verlassen standen sie mit ihrem Trabant an einer Kreuzung. Achtundzwanzig Jahre! rief der Vollbärtige kauend. Achtundzwanzig Jahre!
Der Blick der Blondine schlitterte umher und blieb an ihr hängen. Prösterchen! Plötzlich ganz nah. Ich bin die Heike und Du? Das ist Heiko. Allee der Kosmonauten.
Wieder setzte die Musik aus, jemand rief etwas vom Podium herunter, alle wandten sich um, und plötzlich griff die Blonde ihren Arm und glitt langsam zwischen den Umstehenden hinab wie in einer Herde langbeiniger Tiere. Nur sie sah, daß sie vor dem Senatsrat am Boden kniete, ihm an der Hose nestelte, sie öffnete und hineinfaßte mit einer Hand. Warf dann den Kopf hin und her, als bisse sie ein Stück sehniges Fleisch ab.
Und etwas, sah sie, zerbrach in seinem Gesicht, eine Verstrebung oder ein Fundament. Lachen brannte sich schmerzlich fest, und blieb, starr, auch in seinem Gesicht, als es ihm kam. Verschwand nicht mehr. Kaum, daß die Blonde sich

den Mund abgewischt hatte, machte er sich los von ihr und verschwand in den Saal hinein. Und der Vollbärtige zog seine Freundin vom Boden hoch. Beide eilten dem Senatsrat nach. Und sie war, mit einem Mal, allein.

■

Der Kellner, den sie schon am Anfang des Abends am Bug des Schiffes gesehen hatte, beobachtete sie. Vor ihm auf der Tafel in den leeren Schüsseln und auf den Platten Petersiliensträußchen und Zitronenviertel, Salatmarinade, Schälchen mit Butterflocken, halbvolle Gläser, Bestecke, zerknüllte Servietten und Aschenbecher. Ihr fiel ein, daß sie seit dem Morgen nichts gegessen hatte. Sie bat ihn, ihr etwas von den Resten des Buffets auf einen Teller zu geben, und aß unter seinem Blick. Stand lange am Fenster, strich mit den Fingerknöcheln über das Glas hin und spürte der Empfindung kalter Kondensfeuchtigkeit nach.

Erst, als er die Frage wiederholte, sah sie auf und bemerkte den Mann, der neben ihr am Fenstersims lehnte. Könnten Sie mir diesmal Feuer geben?

Er hatte eine Packung Zigaretten hervorgezogen und hielt sie ihr geöffnet hin. Mechanisch begann sie in den Taschen ihrer Lederjacke zu suchen und fand tatsächlich ein Streichholzbriefchen. PHÄNO-

MEN-WERKE las sie darauf und erkannte ihn. Wie seine Lippen, feucht glänzend, sich ständig bewegten und kräuselten. In den Mundwinkeln immer wieder Speichelfädchen, die er mit dem kleinen Finger wegwischte. Froh nahm sie die Zigarette und gab ihnen beiden Feuer.

Und was machen Sie hier?

Ich arbeite für Schween.

Und was?

Ich bin Geräuschemacher.

Geräuschemacher?

Er überlegte einen Moment, dann beugte er sich vor, und sie hörte das Zischen eines Streichholzes nah an ihrem Ohr. Und nochmals. Zuckte erschrocken zurück. Dann verstand sie, lachte, gab ihm das Streichholzbriefchen, und er erzählte, wie man das Klappern von Pferdehufen mit Kokosnußschalen imitiere und das Schrappen einer Rolltreppe mit Styropor. Obwohl sein Gesicht beinahe faltenlos war, erkannte sie doch daran, wie seine Schultern aus der Passe des Jacketts hervorragten und wie an den Händen die Sehnen hervortraten und die Handwurzelknochen, um die sich die engen Manschetten des Hemdes schlossen, daß er über fünfzig sein mußte.

Meinen Sie, das mit der Mauer ist wahr? unterbrach sie ihn.

Wollten wir das nicht?

Ich weiß nicht. Ich habe Angst.
Sie sah, daß sich Kirchberger mit Schween unterhielt. Neben den beiden standen schweigend die Blonde und der Vollbärtige, Heike und Heiko, und etwas abseits entdeckte sie auch den Senatsrat. Sah im selben Moment, daß Kirchberger zu ihnen herüberkam.
Haben Sie gehört, was geschehen ist? fragte er und wandte sich, ohne ihre Antwort abzuwarten, dem Geräuschemacher zu. Ob er die Synchronisation noch machen wolle. Der andere nickte. Gut. Wir erledigen den Transport heute nacht noch. Sie holen die Filme dann morgen bei Schween ab. Geht es in einer Woche?
Ja, sagte der Geräuschemacher und drückte seine Zigarette aus.
Kirchberger legte seine Hand auf ihren Unterarm, und führte sie durch die Menge der Betrunkenen und Feiernden hinaus in den schmalen Gang. Dort, wo die Stiege an Deck führte, stand Wibke und wartete auf sie. Kalt wehte die Nacht von oben herab.

■

So bewegungslos und still, wie es ein Zuschauer nur sein kann, folgte ich jeder ihrer Bewegungen, und es hörte in mir noch immer nicht auf, hinzuse-

hen. Und ich hörte nicht auf, mich bei Namen zu nennen. Leicht war das gewesen im Schmerz. Nun, da von Minute zu Minute alles, was ich gewesen war, fremder wurde, war sie es, die mich hielt. Als wäre, was mir geschah, nur eine seltsame Metamorphose, die jenen Blick, den sie mir nicht verzeihen konnte, nach außen stülpte.
Und ich sah, wie auf dem Schwarz des Nachthimmels jenseits des Parks tiefe Wolken schwammen. Grau und niedrig standen sie über den Häusern, bäuchlings orange von den Lichtern der Straßen. Manchmal schwenkte ein Scheinwerfer vom Flughafen durch sie hindurch. Kein Stern. Wenn die Wolken für Momente aufrissen, konnte ich den Mond in der linken oberen Ecke des Fensters sehen. Eine Windböe, die durch das offene Fenster hereinfuhr, warf Sprühregen auf meine Haut.
Spät noch hatte ich Geräusche aus der Wohnung über mir gehört und Schritte im Treppenhaus. Einmal, draußen im Park, die Rufe nach einem Kind. Jetzt war es still. Das Parkett knackte in der Kälte. Die Vorhänge hingen schwer und starr neben dem Fenster. Die Wasserlache war blind. Auf dem Boden das Messer.

■

Ein enger, mit Kisten und Möbeln, Regalen und Metallspinden vollgestellter Raum. Ein Waschbecken, ein Spiegel und, unterhalb der Höhe der Ufermauer, ein Bullauge. Wibke verschloß die Tür. Man hörte ganz nah das Lachen und Schreien der Feiernden.
Kirchberger zog Jackett und Hemd aus, drehte das Wasser auf, begann, sich zu waschen, und sah sie dabei im Spiegel an. Sie wollte hinaus, doch das Mädchen hielt sie und strich ihr mit der Hand langsam über das Gesicht. Sie mochte die Berührung. Er wird dir nicht weh tun, sagte es.
Er will mich unbedingt, dachte sie, und er tat ihr leid. Nur David hatte ihre Haut gelesen und wußte, was darauf stand. Mein Name, dachte sie, dann zog sie sich aus. Ließ ihre Kleider auf den Boden fallen und wartete reglos nackt zwischen Kästen und Regalen auf den kalten Metallplatten.
Wibke ging zu Kirchberger und öffnete die Knöpfe seiner Jeans. Nahm die Kette mit dem Fläschchen von ihrem Hals und zog mit dem winzigen Verschluß ein feines, silbergetriebenes Löffelchen aus dem grünen Glas. Kniete sich vor Kirchberger hin, saugte eine Weile an seinem Glied, schob dann die

Vorhaut zurück, und stäubte mit dem Löffelchen ein weißes Pulver auf. Stand wieder auf und kam zu ihr.

Lange betrachtete sie die feine dunkle Haarspur, die an der Wirbelsäule zusammenlief und den Rücken hinab. Folgte dieser Spur mit der Hand, und hieß sie so, sich zu beugen. Strich ihr leicht mit der Hand den Rücken hinab, spreizte die Pobaken ein wenig und rieb mit dem Daumen der anderen Hand das Pulver ein.

Erst dachte sie, es sei der Finger, dessen kühle Berührung sie fühle, und reflexhaft widersetzte sie sich dem Eindringen. Doch die Kühle breitete sich schnell, wie eine metallene Mattheit, in ihren Schleimhäuten aus und steigerte sich zu einer Art wohliger und doch konzentrierter Betäubung, die den ganzen Körper erfaßte. Dann spürte sie die Zunge des Mädchens, warm den Atem auf ihrer Haut, und wie die Spitze sich in sie hineinbohrte, als wollte sie wieder herauslecken, was sie aufgebracht hatte.

Sie hielt still, bis das Mädchen ihre Pobacken erneut auseinanderspreizte, ihr ein Knie unter den Bauch drückte, damit sie nicht zurückweiche, und Kirchberger mit beiden Händen ihre Hüften faßte.

Die kühle Betäubung des Pulvers nahm den Schmerz nicht, als er in sie eindrang, sondern verstärkte ihn noch, so, als ziselierte die Droge all ihre Empfindungen zu klarer Wachheit. Doch war der Schmerz zugleich nichts, was sie nicht wollte, und so kam sie Kirchberger entgegen, als er mit einem Ruck in ihr war, seine Hüften gegen ihre Pobacken schlugen, und zu stoßen begann. Rieb sich dabei an Wibkes Knie.

Als sie sehen wollte, wie das Mädchen ihnen zusah, hatte es die Augen geschlossen. Ihr Blick rutschte weiter, zum Bullauge hinüber und hinaus, und überrascht bemerkte sie draußen im Dunkel, erleuchtet nur vom Licht, das durch das runde Glas hinausfiel und widerstrahlte von seinen Pupillen, den Hund.

Den Kopf auf den Pfoten sah er herein, und dieser Blick traf sie so, daß ihre Muskeln sich zusammenzogen. Wieder und wieder umfaßte sie Kirchberger so, und er stieß heftiger, und der Schmerz hörte nicht auf, und der Hund hörte nicht auf, sie anzusehen.

Bis plötzlich ein Rucken durch das Schiff ging, Motorengeräusche laut wurden, die Wände zitterten und der Boden schwankte. Kirchberger taumelte nach hinten. Sie sah, wie der Hund aufsprang und verschwand, raffte ihre Kleidung zusammen und lief hinaus. Der Gang war voller Betrunkener, die nach oben drängten. Schnell zog sie sich an. Keiner beachtete sie. Als sie an Deck

kam, sah sie, daß das Schiff tatsächlich begann, sich vom Ufer zu entfernen. Gerade noch rechtzeitig kam sie zum Steg und lief hinüber. Zwei Kellner zogen ihn polternd zurück.
Ein Schiffshorn dröhnte. Der Motor wurde lauter, der Rumpf erzitterte stärker, und zuerst nur sachte, doch dann immer schneller, trieb das Schiff vom Ufer weg. An der Reling prostete und johlte man. Wir fahren zur Mauer! Wir fahren in den Osten! Kirchberger erschien und starrte herüber zu ihr.
Als sie sich umdrehte, standen Heiko und Heike hinter ihr, eine Ananas im Arm und einen Westberliner Stadtplan, und in ihrem Rücken ragte das Hotel Esplanade hoch auf. Grußlos gingen sie zu einem weißen Trabant hinüber, der am Straßenrand parkte. Jemand hatte eine Rose unter einen Scheibenwischer geklemmt.
Allein blieb sie am Ufer zurück. Doch die flirrende Wachheit der Droge hielt sie, und sie spürte so stark, wie die Stadt sich um sie zusammenzog, daß sie meinte, die Luft reibe sich an ihr. Ganz deutlich der Weg, der in die Nacht hineinführte. Noch lange sah sie dem Schiff nach, das mit seinen schreienden und tanzenden Passagieren langsam den Landwehrkanal hinabtrieb gen Osten.

IV

Noch stand die Nacht wie jede andere über der sandigen Ebene, und die Stadt, entstanden aus dem Wuchern von Generationen genauso wie aus einem Plan, Erlebnis und Traum zugleich, schlief noch, während die Autolyse längst begonnen hatte, und das, was meinen Namen trug, aufgelöst und abgetragen wurde.
Schon hatten sich die Hornhäute getrübt, die Augäpfel waren vertrocknet, und meine Pupillen lagen blicklos und stumpf in den Augenhöhlen, matt und flach und wie abgegriffen von der Zeit. Und während auch andere Bereiche dünner Epithelhaut begannen, gelblich zu werden und pergamenten, die Lippen, das Skrotum, die Labien, nahm der prozentuale Anteil an Wasserstoff und Stickstoff im Körper stetig zu. Im rechten Herzventrikel fünfzig Milliliter Leichengas. Auf der Leber kristallisierte Tyronsin aus, eine aromatische Aminosäure, die bei der Eiweißfäulnis weiter zu Kresol und Phenol abgebaut werden würde. Auf der Kehldeckelschleimhaut bildete sich Struvit, feine weiße Kristalle aus Magnesium-Ammonium-Phosphat, und auf meiner linken Hand, die neben dem Sessel zu Boden hing, irrlichterten Totenflecke wie auf dem Negativ einer Photographie Licht und Schatten.

Und ich hörte, wie die Stadt träumte, und wie die Öffnung der Grenze, die sie durchlief wie ihr steinernes Rückgrat, sie ganz langsam erreichte in ihrem Schlaf. Am Übergang Chausseestraße hatten um zwanzig Uhr dreiundvierzig die ersten sechzig DDR-Bürger die Mauer passiert, im Norden an der Bornholmer Straße zwischen Prenzlauer Berg und Wedding um einundzwanzig Uhr achtundzwanzig. Bis Mitternacht strömten zwanzigtausend Menschen über die Bösebrücke, Hunderte stürmten zugleich im Süden den Kontrollpunkt Friedrichstraße, und überall waren die Straßen schwarz vor Fußgängern, die, von den Blitzlichtern der Photographen erhellt, in den Westen drängten.
Der Schmerz brannte im Körper der Stadt, und ihre Augen zuckten hinter den geschlossenen Lidern im Schlaf, während das Schiff langsam immer weiter in sie hineinglitt. Mit großer Behutsamkeit steuerte es den Landwehrkanal entlang, und das Schreien und Lachen der Festgesellschaft verebbte dabei, bis schließlich Stille über dem Aussichtsdeck lag. Als das Schiff unter der ersten Brücke hindurchfuhr, sehr nah den Armierungseisen und dem Stahlskelett der Brückenunterseite, von den Lichtern des Schiffes aus der Dunkelheit geholt, die vom Wasser hell reflektiert wurden, glitzerten dort verweste Vögel und vermoderte Äste,

Schwemmgut und Luftgut, und ein eisiger Wind fuhr über Deck.
Vom Ufer und aus den Straßen, die auf den Kanal mündeten, hörte man Schreien, als wären alle Häuser geleert worden. Man sah die Autokolonnen auf der Potsdamer Straße, die Brücke voll von Menschen, die sowohl hineindrängten als auch in Richtung Mauer, Hubschrauber, die überfüllten Züge der Linie Eins zwischen Möckernbrücke und Halleschem Tor, und das gleißende Licht am Himmel dort, wo man die Grenze wußte. Als man die Zossener Brücke passiert hatte, blieben die Blicke mehr und mehr in Buschwerk am Ufer hängen, das dunkel war und naß. Die hohe Häuserfront am Maybachufer gleichgültig und abweisend. Dann tauchten an der Lohmühlenbrücke endlich hell ausgeleuchtet Stacheldraht und Mauer auf, ein Wachturm und die betonierte Uferböschung.
Schween, der am Heck stand, wußte, daß hier kein Durchkommen in den Osten sein würde und es in unmittelbarer Nähe weder einen Grenzübergang noch genügend Taxen gab, um die Gäste nach Hause zu bringen. Das Fest ist vorüber, dachte er. Lange schrammte das Schiff am Görlitzer Ufer an einer Mauer entlang, bis einer hinübersprang und die Taue festmachte. An einer Laterne, in deren Licht am schmalen geteerten Uferweg eine Telephonzelle gelb schimmerte, legte man schließlich den metallenen Steg ans Ufer.

Der Lärm widerhallte in meinem Kopf, und ich sah, wie die Stadt um mich erwachte. Während die Vor- und Trabantenstädte noch im Schlaf lagen wie reglose Glieder, begannen die innersten Organe ihres Körpers sich langsam zu bewegen und taumelnd Worte und Bilder durch den Organismus zu pumpen. Es sickerte in sie hinein, was geschah, und überall in den Straßen und Häusern begann die Stadt darauf zu reagieren mit dem Gedächtnis ihrer Leitungen und Kameras, und sie beobachtete und verfolgte, wie das Unvorgesehene immer tiefer in sie eindrang.
Um neunzehn Uhr zweiunddreißig war der Auftrag der Landespolizeidirektion an alle leitenden Beamten ergangen, sofort an die Grenzübergangsstellen zu fahren. Im Südosten von der Sonnenallee, aus Rudow vom Übergang Waltersdorfer Chaussee, von der Oberbaumbrücke im Süden und im Westen von der Invalidenstraße flossen die Meldungen ins Präsidium zurück und von dort wie über Synapsen weiter in alle Bezirke. Bürgermeister Momper fuhr zum Grenzübergang Friedrichstraße. Der Berliner Senat trat im Rathaus Schöneberg zu einer Sitzung zusammen. Um dreiundzwanzig Uhr meldeten sich an der Bahnhofswache Zoo die ersten sechs DDR-Bürger als Flüchtlinge bei der Polizei. Von überall fuhren Trabants und Wartburgs in Richtung Kurfürstendamm und

blockierten die Straße des 17. Juni ebenso wie den Wittenbergplatz. Sonderbusse begannen ihre Pendeltätigkeit von der Bornholmer Straße ins Weddinger Zentrum.
Zellenzyme und Bakterien begannen in allen Organen mit dem Abbau der Eiweißstoffe, Nitridationen und Oxidationen wandelten organische stickstoffhaltige Substanzen zu anorganischen Stoffen um, und ich wußte, wenn erst alle Körpersubstanzen mineralisiert sein würden, läge ich wie ein Ding im Tag.

■

Jenseits einer schmalen Dorfstraße mit Kopfsteinpflaster, auf der man dunkel gerändert Ablaufrinnen und Abwässer sah, erkannte man hinter einem Baum ein einstöckiges Haus mit spitzem Giebel. Im Erdgeschoß mehrere Fenster und eine Tür. Darüber der Schriftzug eines Firmenschildes, den man nur teilweise lesen konnte, da ihn das Astwerk des Baumes halb verdeckte. Im ersten Stockwerk vier kleine Fenster, im hohen Dachgeschoß zwei. Vor der Tür, an deren Läden Kleidungsstücke hingen, ein älterer Mann und ein kleiner Junge. Beide mit Hüten. Halb hinter dem Baum auf einer Bank an der Hauswand fünf Kinder, deren Körper im Schatten fast verschwanden.

Dorther kam Virchow. Professor Matern wußte, der Ort, in dem das Haus stand, einst Schivelbein oder Schievelbein in Hinterpommern, hieß heute Swidwin und lag in Polen. Er stellte sich eine feuchte und windige, sehr flache Landschaft vor. Matern legte das Photo zurück in die Schreibtischschublade. Manchmal, wenn er es lange besah, meinte er, den Kopf hineinstecken und die Straße entlangsehen zu können, die aus dem Bild hinauslief. Der Blick öffnete sich dann unabsehbar weit auf der Kopfsteinpflasterstraße, die unter einer Allee schnurgerade und wie ein Rücken gewölbt bis nach Berlin führte.

In die andere Richtung ging der Blick genauso unabsehbar weit ins Nichts. Dorthin, woher die meisten Präparate der Sammlung gekommen waren, seit der Anatom Carl Asmund Rudolphi den Erlaß einer Zirkularnote erwirkt hatte, die mit dem Datum des siebenundzwanzigsten Februar 1811 und unterzeichnet vom Königlichen Geheimen Staatsrat Sack, Chef des Departements für die Allgemeine Polizei im Preußischen Ministerium des Innern, alle Provinzialregierungen verpflichtete, Meldung, Sammlung und Versand totgeborener oder verstorbener menschlicher Monstra sicherzustellen.

Das Wort demonstrieren, dozierte Matern gewöhnlich vor Erstsemestern, leite sich vom Lateinischen monere ab, was soviel wie anklagen, androhen, aber auch bewundern bedeute und damit zu tun habe, daß die antiken Priester menschliche Mißbildungen, Monstra, in den Tempel geholt und konserviert hätten, um sie dem Volk bei besonderen Anlässen zu zeigen. Doch Matern wußte es besser. Er wußte, die Sammlung war von einem Strom des Aberglaubens zwei Jahrhunderte lang mitten ins Herz dieser Stadt gespült worden.

In unzähligen, unerträglich stillen und verregneten Dörfern im Osten hatten Ärzte und Hebammen die Totgeburten den Müttern weggenommen und Apothekern übergeben, die sie für die Reise notdürftig in Fässern mit Alaunwasser konservierten. Und unaufhörlich hatte die Stadt sie aufgenommen. Wie alles andere auch. Wie am siebzehnten Mai 1811, als eine Mißgeburt aus Marienburg nach Berlin abging, deren Mutter im Begleitbrief als vermutete Ursache der Fehlbildung angab, sie sei während der Schwangerschaft durch die Meerkatze eines Gauklers erschreckt worden.

Obwohl die Postbeamten den Schirrmeistern und Postillions aufgetragen hatten, beim Ab- und Aufladen die vorzüglichste Behutsamkeit walten zu lassen, lief in Danzig das Alaunwasser bereits durch alle Ritzen. Die Post wurde angehalten, das Faß vom Hofapotheker Künert repariert, aufgefüllt und samt Rechnung weitergeschickt. Es passierte Stolpe, Schlawe und Köslin ohne Beanstandung, leckte jedoch in Stargard erneut. Wiederum auf Kosten der Anatomie abgedichtet, erreichte es schließlich über Pyritz, Freienwald und Werneuchen Berlin.

Matern stand am Fenster. Schattenlos die Mauer im gleichmäßigen Licht der Befestigungsanlagen. Ihre Linie, und damit der Lichtbogen der Sperrzone, folgte dem Verlauf des Flusses. Mit der Zeit, dachte er, war der sumpfige Bogen der Spree, in den hinein Virchow seine Pathologie hatte bauen lassen, zu einem Totenreich geworden. Erst mit der Mauer stockte der Zufluß an Monstren. Er erinnerte sich an den Bittbrief einer Tagelöhnerin aus Genthin, die Virchow, nachdem er ihr mißgebildetes Kind erhalten hatte, um eine monatliche Unterstützung anflehte. An die dreifingrige Hand einer Frau, die er, in Formalin eingelegt, in der Sammlung gefunden hatte. Die Mutter der Frau, hieß es im Begleitbrief, sei während der Schwangerschaft von einem Papagei angegriffen worden.

Die Straße, die zur Grenze führte und jenseits von ihr über die schmale Brücke hinein in den Westteil der Stadt, war für gewöhnlich nachts still und dunkel. Nun wurde sie von den Scheinwerfern der Wagenkolonne erhellt, die an der Charité vorbeirollte. Die Mauer war der Schnitt, mit dem sich die

Stadt vom Osten trennte. Wie man ein Glied amputiert, bevor die Ptomaine den ganzen Körper überschwemmen. Wie sehr doch alle Angst hatten vor dem Schmerz, dachte Matern.
An der Tür sah er wie immer noch einmal zu dem Hundeskelett auf dem Boden hinab und versuchte, eine Haut über die Knochen zu ziehen. Und sah tatsächlich für einen Moment Fell und Ohren und Schnauze und wie das Tier hechelte und sich bewegte und hochschaute zu ihm. Er hat gelbe Augen, dachte Matern, als sie ihn ansahen. Schnell ging er in das Anatomische Theater hinüber, wie man die Sektionshörsäle früher nannte.
Auf dem Weg durch die leeren Flure erinnerte er sich an Schweens Anruf. Er hatte beschlossen, ihn vom Nachtportier hierher führen zu lassen. Als er die Tür aufdrückte und oben hinter der letzten Stuhlreihe stand, dachte er wieder daran, wie gern er einmal die alten Hörsäle in Bologna, Amsterdam oder Krakau sähe. Matern musterte die Bänke, das abgetretene Linoleum des Bodens und die mit grünlicher Ölfarbe gestrichenen Wände. Zu Garben gebündelte Neonröhren hingen hoch an der Decke und gaben ein mattes, gelbliches Licht. An Stahlrohrgestellen waren Bänke und Tische befestigt, überstürzend gestaffelte Balustraden und Bankreihen, die sich wie konzentrische Kreise perspektivisch um den Mittelpunkt legten, den Tisch.

Ein massiver Körper aus Chromstahl, mattglänzend und mit dem feinen Ornament der Ablaufrinnen. Kam man dort herein, wo Matern jetzt stand, und nicht durch die kleine Tür neben der Tafel, die dem Assistenten vorbehalten war, der den Körper brachte, dann schimmerte der Tisch dort unten wie die wimpernlose Pupille eines riesigen Auges. An diesem Tisch saß man nicht ohne den Schmerz. Die Synchronisation im Theater der Anatomie, dachte Matern, ist der Schrei.

▪

Um dreiundzwanzig Uhr siebenundfünfzig passierte eine schwarze Limousine mit dem Stander des russischen Militärkommandos den ALLIED CHECKPOINT CHARLIE. Zusätzlich zum Licht der starken Scheinwerfer an den hohen Masten, die für gewöhnlich nachts das Stück Straße zwischen dem weißen Pavillon mit dem Schild YOU ARE LEAVING THE AMERICAN SECTOR und den tief gestaffelten Straßensperren und Sichtblenden auf der Ostseite ausleuchteten, wurde der Grenzübergang durch die Scheinwerfer der Journalisten erhellt, die sich auf Treppen, Fensterbänken und auf den Absperrungen inmitten der Schaulustigen postiert hatten.
Die russische Limousine rollte langsam über die

weiße Grenzmarkierung, und die Blitzlichter grellten lange in den Wagenhimmel hinein. Zwei der Uniformierten verbargen ihre Gesichter in den Händen, einer in der Uniformmütze, und der Fahrer, beide Hände fest am Steuer, blinzelte starr geradeaus.
Es war so laut um sie her, daß man das dumpfe Hämmern des Dieselmotors nicht hörte, und auch jenes wie saugende Geräusch nicht, mit dem sich die Reifen so schwerfällig vom Straßenbelag lösten, als kostete die Bewegung unendlich viel Kraft in der angehaltenen Zeit.

■

Über die Brücke und den Landwehrkanal ging sie denselben Weg zurück, den sie zuvor mit Wibke gekommen war. Wandte sich im Dunkeln dann nach rechts und war mit einem Mal, wie es ihr schien, aus der belebten Stadt hinaus. Wunderte sich, daß es plötzlich so still war um sie her. Wenn die Mauer wirklich offen war, mußte doch alles hell sein und belebt und laut, dachte sie und ging weiter über alte Betonplattenstraßen und zwischen Schutthügeln und sah den Schnitt nicht, der hier einst durchging.
Während ringsum Häuser und Straßen wie neue Hautschichten sich gebildet hatten, abgestorben

und abgeschuppt waren und wieder neu entstanden, war hier Niemandsland, Ausläufer der Wunde, Narbengewebe, unempfindlich gegen alles, die Nerven endgültig durchtrennt und die Verwerfungen auf der Haut offen. Straßenlampen erhellten nur vereinzelt den Boden. Aus der Schlafkabine im Führerhaus eines Lastwagens fiel Licht. Selten nur kam sie an stehengebliebenen Häusern zwischen Trümmergrundstücken vorbei. Immer wieder überwachsene Mauern, Autowracks, verrostete Absperrungen und unleserliche Schilder.

Dann ragten plötzlich die alten Botschaftsgebäude Italiens und Japans aus dem Dunkel hoch auf wie Schorf inmitten der Trümmer. An den Nutten, die davor im Halbdunkel standen, vorüber, kam sie über die Tiergartenstraße hinweg in den Park und ging unter Bäumen. Sah, in den tiefen Schatten der blätterlosen Büsche und unter den Baumkronen, die die weiß gekiesten Wege abdunkelten, andere, die dasselbe Ziel zu haben schienen wie sie. Kaum erkannte sie Gesichter. Die Schatten, von einem fernen Licht in die entgegengesetzte Richtung gefällt, wurden immer länger, bis sie schließlich dort, wo der Tiergarten am Brandenburger Tor endet, zwischen den Bäumen hervortrat. Nah an einer der Aussichtsplattformen stand sie plötzlich in einem weißen Licht und wußte, das war die Wunde.

Staunend sah sie zu, wie entlang der Mauer die Narbe, die mitten durch die Stadt lief, aufbrach wie schlecht verheiltes Gewebe. Wie man gleißend die Stelle ausleuchtete und eilig Wundhaken hineintrieb. Blitzenden Stahl ins Fleisch, um das unter der Anspannung blutleere und weißglänzende Bindegewebe der Narbe, die seit Jahrzehnten verheilt schien, nun vollständig aufzureißen.

■

Wibke lehnte an der Reling, trank und spürte dem Gefühl von Kälte nach, mit dem die Betäubung des Alkohols ihr unter der Haut entlangkroch schlierend-schillernd wie das Öl auf dem Wasser, das hier, in der Nähe der Schleuse, matt und samtig an den Schiffsrumpf schlug.
Am Aufgang zum Aussichtsdeck stand Schween neben Kirchberger und sah zu, wie die Gäste das Schiff verließen.
Wo ist der Geräuschemacher?
Schon weg.
Und?
Alles geklärt, sagte Kirchberger.
Schween beobachtete, wie Dr. Roll auf jene einredete, die sich um den schmalen Aluminiumsteg drängten. Als würde er angestoßen, trieb er dabei wie ein Kreisel über Deck, schneller und schneller,

und erst, als niemand mehr da war, blieb er erschöpft und mit weit ausgebreiteten Armen stehen.
Warum holen wir die Filme heute noch?
Wer weiß, ob morgen die Grenze noch offen ist. Außerdem kontrolliert bei dem Trubel niemand.
Und Matern?
Hat Angst. Deshalb will er ja Roll kennenlernen.
Schween sah wieder zu dem Senatsrat hinüber und bemerkte das Grinsen, das noch immer an seinem Mund klebte. Als könnte er sich schmutzig machen daran, sah er weg.
Weiß Matern Bescheid?
Ja.
Dann laß uns mal sehen, daß wir hier wegkommen. Das Fest ist aus. Ich besorg uns ein Taxi.
Kirchberger stieß sich von der Reling ab.
Schween beobachtete, wie Roll ihm über die Gangway folgte und, während Kirchberger telephonierte, gestikulierend um die Telephonzelle herumlief, die grell im Licht der Laterne inmitten der dunklen Büsche lag. Dann verschwand er quer über den Rasen, und erreichte, als Kirchberger und Schween, der Wibke mit sich zog, das Schiff längst verlassen hatten, die Skalitzer Straße.
Reglos blieb er nah an der Bordsteinkante stehen.

Die Scheinwerfer zogen ihm über das Gesicht. Ich blinzele nicht, dachte er immer wieder, wartete lange, und sah erst, als die ganze Autoschlange, mit Vorder- und Rücklicht aneinandergekettet, zu hupen begann, daß direkt vor ihm ein Trabant gehalten hatte. Er klatschte mit der flachen Hand auf das niedrige Wagendach und stieg ein. Heike, neben die er sich auf die Rückbank setzte, wollte wissen, wohin sie ihn fahren sollten, und Roll nannte die Adresse.
Es war warm im Fond des kleinen Wagens und roch süßlich nach dem Kunststoff der Polster. Roll lehnte sich zurück und schloß die Augen. Zitternd nach ihrem Mund, der das Zittern aufhören lassen würde, das er in sich spürte, seit sie ihn auf dem Schiff berührt hatte. Etwas, wußte er für einen Moment, fraß sich in dieser Nacht so gleichgültig durch ihn hindurch wie Säure durch ein Gefäß.
Sie zog ihren Rock hoch und bestieg ihn. Schob den Slip beiseite und half ihm, in sie einzudringen. Er streichelte ihren Hintern mit beiden Händen, während sie sich stumm auf ihm bewegte, und laut an seinem Ohr atmete. Als ihr Atem plötzlich stockte, öffnete er die Augen. Wie ein ängstliches Kind klammerte sie sich an ihn, und der Trabant passierte den Grenzübergang Prinzenstraße.

■

Man machte, daß die Zeit verging. Generatoren versorgten die Übertragungsanlagen der Fernsehgesellschaften mit Strom. Durch Barackentüren sah sie die Drucker der Nachrichtenagenturen, aus denen endlose Papierstreifen liefen. Über einen vierzig Meter hohen Sendemast berichtete NBC seit Tagen live nach New York. Metergroße Satellitenschüsseln und Scheinwerferbatterien. Kameras und Mikrophone im Menschenstrom, der auf das Brandenburger Tor zutrieb. Polizei leitete den Verkehr um. Absperrungen wurden aufgestellt. Die hölzernen Aussichtsplattformen waren so überfüllt, daß Menschen sich außen an den Geländern festklammerten.
Als faßte die Menge sie an und zöge sie unaufhaltsam in sich hinein, trieb sie zwischen den anderen über den Platz. Ein Kran mit einem Personenkorb schob einen Kameramann über sie hinweg in Richtung Mauerkrone, die vollständig mit Menschen besetzt war. An Feuerwehrschläuchen erklommen sie die Mauer, wurden hochgezogen, standen auf, rissen die Arme hoch, schwenkten Flaschen, umarmten sich und schrien. Handscheinwerfer über den Köpfen beleuchteten Journalisten, die mit dem Rücken zur Mauer in Kameras sprachen.
Jemand brüllte ihr etwas ins Ohr, was sie nicht verstand. Sie hörte die dritte Strophe des Deutschlandliedes von weitem, und eine Lautsprecher-

stimme von der anderen Seite der Mauer. Hier sind die Grenztruppen der DDR. Bürger, wir bitten Sie höflichst, den Platz zu verlassen. Dies gilt Ihrer eigenen Sicherheit. Sprechchöre jenseits des Brandenburger Tores. Wir wollen raus! Wir wollen raus! Macht das Tor auf! Die Nacht bleibe ich munter, schrie eine Politikerin, deren Namen ihr nicht einfiel, im Lichtkreis eines Scheinwerfers. Schlafen kann ich noch im Grab. Weiter stieß man sie durch das Brüllen und Schreien hindurch bis zur Mauer. Sie nahm die Hände aus den Taschen der Lederjacke und legte sie an den kalten Beton.

Lange blieb sie, so nah am Stein, daß man sie nicht wegdrücken konnte, im Windschatten der Menge stehen. War müde mit einem Mal. Wußte nicht, wohin sie jetzt sollte, und spürte, wie Angst in ihr aufstieg. Schwer ging sie schließlich nach rechts den Saumpfad, der zwischen Brandenburger Tor und Potsdamer Platz die Mauer entlangführte, und kam aus dem Licht der Scheinwerfer wieder ins Dunkel. Ihr Schatten von Kerzen und Fackeln an die Mauer geworfen, auf der Taschenlampen zitternde Kreise zogen.

Vor einem mit Militärhosen und Springerstiefeln, der in den Händen einen Meißel und einen Hammer hielt und mit wuchtigen Schlägen auf den Beton einschlug, blieb sie stehen. Er hielt inne, nahm eine Bierdose vom Boden und prostete ihr lachend zu. Bückte sich dann erneut und hob einen der bunten Splitter auf, die er aus der Mauer geschlagen hatte.

Da, schenk ich dir, sagte er, und sie nahm das mit glänzend blauer und roter Farbe überzogene Stück Beton. Den Hund sah sie nicht.

Abseits der Lichtbahnen der Taschenlampen und nicht erfaßt vom Schein der Fackeln, kauerte er nah bei ihr im Unterholz. Als sie herankam, hob er die Schnauze von den Vorderläufen, und witterte ihr entgegen. In seinen Augen spiegelten sich die Lichter, die durch das Brachland huschten. Von seinen roten Lefzen tropfte Speichel. Kaum war sie an ihm vorüber, sprang er auf und lief davon, während sie auf den Platten des abgeschrägten Mauerfußes weiterging.

Lange folgte sie dem Rhythmus der Segmente von Spalt zu Spalt, die Hand am rauhen Beton, und zog sie dann, plötzlich erschrocken, zurück. Als kratzte sie mit dem Messer über den Stein, war es mit einem Mal, wieder sah sie mich in meinem Blut, und die Wunde wölbte und schloß sich über ihr, Stimmen und Lichter drangen auf sie ein, Himmel, Straßen und Mauern, all das atmete und blutete um sie her, und sie war mitten darin. Wie Madenfraß, wie Fliegenlarven auf der offenen Wunde, die sich hineinbohren ins nekrotische Gewebe, klammerten sich überall im Fackelschein welche mit Hämmern und Händen an die Mauer.

■

Die Aktuelle Kamera blendete immer wieder in dieser Nacht die Aufzeichnung der Pressekonferenz mit der Nachricht von der Grenzöffnung ins laufende Programm ein. Auch die Ministerrats-Erklärung vom Vortag wurde wiederholt. In dieser politisch und ökonomisch ernsten Situation gilt es, alle Kräfte dafür einzusetzen, daß die für Volk, Gesellschaft und Wirtschaft lebensnotwendigen Funktionen aufrechterhalten werden können. Das sozialistische Vaterland braucht jetzt alle und jeden. Lara stellte, als sie ins Wohnzimmer kam, den Ton aus.

Bläulich schimmerte das Fernsehbild über den Parkettboden des dunklen Raums. Sie zog die Decke bis über die Schultern, legte den Kopf auf die Armlehne des Sofas und schloß die Augen. Hörte, wie das Wasser schwappte, wenn David sich in der Badewanne bewegte. Die kalten Lichter des Fernsehers zuckten hinter ihren geschlossenen Lidern. Fast schlief sie ein.

Sie hatte versucht, ihren Mann anzurufen, doch unter beiden Nummern niemanden mehr erreicht.

Sie wußte, er war abends zumeist noch im Labor, wo es kein Telephon gab, um die Sektionsberichte der letzten Tage zu vervollständigen. Vermutlich hatte er keine Nachrichten gehört und würde auch heute erst spät nach Hause kommen. Als wäre jetzt nicht alles anders, dachte sie und schrak hoch.

Der kalte Holzboden unter ihren nackten Füßen. Sie schob die Gardine vor dem großen Erkerfenster beiseite und sah auf die ruhige Straße hinaus. Zwei sowjetische Offiziere, Aktenmappen unter dem Arm, gingen vorüber. Eine alte Frau führte einen Hund spazieren und blieb an einer der Straßenlampen stehen. Als wäre jetzt nicht alles anders, dachte sie wieder, war es wie immer. Schräg gegenüber der kyrillische Schriftzug des russischen Buchladens. Das Kopfsteinpflaster, das stellenweise mit Asphalt ausgebessert worden war, glänzte feucht. Sie ließ den Vorhang los, und er pendelte zurück vor die Scheibe.

Alles anders, dachte sie nochmals, als sie in der Tür des Badezimmers stand. Feuchtigkeit kroch ihr sofort unter den dünnen Stoff des Bademantels. In dem hohen emaillierten Badeofen neben der Wanne, den sie eingeheizt hatte, als sie nach Hause gekommen waren, tickte und brodelte leise das kochende Wasser. Handtücher und Unterwäsche hingen an grünen Plastikschnüren über der Wanne. Der Fichtennadelgeruch des BADOSAN stieg ihr in die Nase. Der Spiegel war beschlagen. Als sie sich auf den Rand der Wanne setzte und den Schwamm aus dem schaumigen Wasser nahm, öffnete David die Augen.

Hast du Carl angerufen?

Sie schüttelte den Kopf. Sei still, sagte sie.

Er setzte sich auf und beugte den Kopf weit vor. Sie tunkte den Schwamm ins Wasser und ließ es ihm über Nacken und Schultern rinnen. Was denn jetzt werden würde, wenn die Mauer offen sei. Sie antwortete nicht. Hörte darauf, wie die Geräusche des Wassers in dem hohen, gekachelten Raum widerhallten und wusch David lange.

Als er schließlich aufstand, sah sie vom Wannenrand aus zu, wie das Wasser und der Schaum an ihm herunterliefen. Das Tropfen und Plätschern lauter als alles andere. Dann war es plötzlich still, er stand vor dem beschlagenen Spiegel, wischte mit der Hand eine Stelle frei und besah sich. Sie trocknete seinen Rücken mit einem großen weißen Handtuch ab. Als sie über seine Schulterblätter strich, sammelte sich schon wieder Feuchtigkeit auf der Haut. Sie nahm die FLORENA von der Ablage und begann, ihn einzureiben. Ihre Finger folgten dem Narbengewebe dabei, als wäre es ein Muster oder eine Melodie, die ihre Fingerkuppen summten.

Sie tastete über die Buchstaben auf seinen Pobakken hin und las wieder die ungeschlachte Schrift.

Ich lasse in meinen Mund scheissen und pissen. Schlagt mich hart. Sie strich die Creme in die rötlichen Vertiefungen der Worte, in die schartigen Rundungen der Buchstaben O, S und B und in die gezackten Kerben von A und W und M. Bedient euch an mir wie an einem Tierweibchen. Der Gürtel ihres Bademantels öffnete sich, als sie sich vorbeugte. Mein Mund und mein Arsch sind offen.
Er versuchte noch immer, sich im Spiegel zu sehen. Rieb den Wasserdampf mit der Handkante zur Seite und beobachtete, wie sein Gesicht verschwand, wenn der Spiegel wieder beschlug. Dreh dich um.

■

Am Rand des Potsdamer Platzes stieg sie in einen Bus, der ins Zentrum fuhr. Die Scheiben waren blind vom Atem der Menschen, die sich auf den Sitzen und in den überfüllten Gängen drängten. Familien mit müden Kindern, die sich an der Hand hielten. Betrunkene, die von den pneumatisch schließenden Türen an den Haltestellen sanft weggedrückt wurden. Wir wollen nur mal kurz rübermachen. Unsre Frauen sind noch zu Hause. Morgen früh um fünf muß ich wieder auf Arbeit. Fremder Atem stand ihr im Nacken.

Ein Ostberliner Taxi fuhr hupend hinter dem Nebel der beschlagenen Scheiben vorüber. Aus den Fenstern lehnten welche und schwenkten eine DDR-Flagge. Menschenschlangen vor der Würstchenbude KUDAMM-ECK 186. Dichtes Gedränge vor dem CAFÉ KRANZLER. Lange sah sie zu, wie sich in einer Imbißbude auf Metallstäben vor glühenden Heizspiralen zwölf Brathühner drehten. An der Gedächtniskirche standen die Wagen hupend in dichten Schlangen vor den Absperrgittern. Sie stieg aus.
Manche, sah sie, schliefen vor den erleuchteten Schaufenstern der Kaufhäuser und in den Gängen und Passagen, die die ganze Nacht geöffnet blieben. Sie ging zwischen den Schlafenden hindurch, passierte das Portal des EUROPA-CENTERS, und als geriete sie in eine angehaltene Zeit, war es plötzlich still um sie her. Die, die langsam an den Schaufenstern vorüberzogen, gingen schweigend in dem hellen Licht, als könnten sie nicht aufhören zu laufen. Mit starrem Blick standen manche vor der großen Flüssigkeitsuhr. Sahen zu, wie das grüne Wasser von einer Phiole in die nächste floß und die Zeit verging.

■

In seiner Wohnung im Südwesten der Stadt löschte der Geräuschemacher das Licht der Nachttischlampe, deren Messingfuß geduckt auf dem Dielenboden neben dem Bett stand. Im Dunkeln zeichnete die Glut seiner Zigarette eine elliptische Bahn vom Mund zum Aschenbecher, der auf der Bettdecke stand, und wieder zurück zu den Lippen, die feucht aufleuchteten, wenn er am Filter zog.

Müde machte er sich einen Vogel, der ihm mit dumpfem Flügelschlag aus dem Mund flog. Dann mit den Fingernägeln auf dem rauhen Laken das Geraschel von Blättern dazu, auf deren Ast der Vogel sich setzte. Das Geräusch drang unter der Tür hindurch und verzog sich, aufgeschreckt vom Licht, in dunkle Ecken der Wohnung. Er hörte, wie der Vogel wegflog, hörte die Blätter, als er sich vom Ast abstieß, und dann, ganz leise, langes, verdorrtes Sommergras in der Nacht, weit unter dem Baum, weit unter seinem Mund, fast still.

Er wollte die Bilder der Filme, die er vor einigen Wochen in Ost-Berlin gesichtet hatte, nicht wieder in seinem Kopf. Die Zinkwannen, in denen die Körper lagen. Die eingeblendete Uhr. Die verschiedenen Stadien der Verwesung. Er hörte, wie der Vogel im Zimmer nebenan mit seinem Schnabel auf ein Stück Ofenrohr klopfte, das hohl nachklang. Er wußte, es lag dort mit anderen

Gerätschaften neben dem Schneidetisch, den Mikrophonen und Aufzeichnungsgeräten auf dem Boden.

Dann fauchte ein Windstoß unter der Tür durch, und der Geräuschemacher stellte sich vor, wie lose Seiten aufblätterten und wegflatterten, Kopien, Briefe, Rechnungen, und er machte Geräusche dazu, die elektrifiziert klangen. Transformatoren, Akkumulatoren, Generatoren, dachte er, und ein Zug hielt in dem leeren Zimmer, die Dielen vibrierten, und etwas fiel blechern um. So, als spielte ein Kind zwischen dem Gerümpel im Dunkel.

Er dachte an das Mädchen mit der Lederjacke und daß er gern wüßte, wie es ihr erging in dieser Nacht. Hielt sich selbst im Arm und schlief ein.

V

David? Überrascht, eine Männerstimme zu hören, die sie erst nicht erkannte, zögerte sie einen Moment. Ich bin es.
Sie war lange zwischen den Wartenden umhergegangen, schließlich die Rolltreppe hinaufgefahren, hatte an der Telephonzelle die Visitenkarte Lara Materns aus der Brusttasche ihrer Lederjacke gezogen und gewählt. Ohne auf das Besetztzeichen zu achten, hatte sie aufgelegt und erneut gewählt, immer wieder die Ost-Berliner Vorwahl 0372, und immer wieder hatte sie die Nummer der Wohnung in Karlshorst von der Karte abgelesen, 5082642, bis schließlich tatsächlich, ohne daß sie wußte, wieviel Zeit darüber verging, eine der Selbstwahlverbindungen geschaltet wurde.
Ich dachte, das sei Laras Nummer. Weißt du schon, was passiert ist?
Ja.
Was?
Es ist wirklich Laras Nummer.
Nein, das mit der Mauer meine ich. Die Mauer ist offen!
Ich weiß.
David?
Ja?

Kann ich zu euch kommen?
Warte einen Moment.
Sie hörte, wie er die Hand über die Muschel legte. Für einen Moment klang seine Stimme gedämpft und unverständlich, dann wieder ganz nah. Wo bist du jetzt?
Im Europa-Center.
Wieder die Hand, die über ihr Ohr wischte.
Bleib da. Lara holt dich ab.
Ich bin in einer Telephonzelle an der Rolltreppe.
Er sprach hinterrücks in den Raum hinein, den sie nicht kannte. Sie wartete einen Moment. David?
Ja?
Leg nicht auf.
Sie drückte den Hörer fester an ihr Ohr und sich noch tiefer in die Plexiglashaube des öffentlichen Fernsprechers hinein. Es roch nach kaltem Rauch.
Holt Lara mich wirklich ab?
Ja.
Sie schloß die Augen und spürte die Müdigkeit überall in ihrem Körper. Ich muß jetzt etwas sagen, dachte sie, damit er nicht auflegt. Weißt du, wie spät es ist?
Fast halb zwei.
Habe ich dir gefallen, David?
Warum fragst du?
Nun sag schon!
Ja.

Wirklich?
Ja.
Weil, ich hab vergessen, wie ich heiße. Verstehst du?
Nein. Was meinst du damit?
Das, was ich sage, sagte sie und dachte daran, wie sie durch die Menge zur Mauer trieb. Wie sie die Hand an die Wunde im Beton legte. Nun, dachte sie, sind alle ohne Namen wie ich. Und nur für kurze Zeit wird das aussehen wie Freude. Ich war vorhin an der Mauer.
Und?
Es ist, als hätten sich alle Türen geöffnet, alle Verschläge, alle Keller, überall in der Stadt. Von überall bricht es ein. Nichts, dachte sie, wird so bleiben, wie es war. Und nichts blieb als zu warten, was aus ihnen werden würde.
Erzähl mir irgendwas, bat sie ihn.
Stell dir einen Platz vor. Im Süden. Eine Doppelreihe Platanen ringsum und ein Denkmal in der Mitte. Der Boden aus roten und weißen, in wellenförmigen Ornamenten angeordneten Kieseln.
Welche Jahreszeit? fragte sie und schloß die Augen.
Frühling. Halbwüchsige Jungen und Alte mit Strickpullovern und Kinder und Taubenherden und schwarzbestrumpfte Mädchen in weiten, kurzen Mänteln an den Händen ihrer Mütter. Und

wenn man den Platz verläßt, gerät man in die engen und verschatteten Gassen der Altstadt, wo es noch kalt ist, und wohin der Lärm der Autos einem nicht folgt. Es ist still dort bis auf die eigenen Schritte, und man muß kaum einmal jemandem auf dem engen Gehsteig ausweichen.

Wo, hast du gesagt, war das?

In Spanien.

Am Meer?

Nein.

Erzähl weiter.

Einmal, als ich mittags auf die Plaza kam, stand das Licht klar und schattenlos auf den Dingen. Stieß wie ein weißer Keil durch ein Fenster in eine Bar. Ich setzte mich an die Theke. Der kühle Hauch, den die Tür aufwirbelte, wenn sie sich öffnete und wieder schloß, strich über die Kante des Lichts und raschelte in den zerknüllten dünnen Papieren, die auf dem Boden lagen wie angeschwemmt. Ich bestellte Milchkaffee, den man dort aus hohen, schlanken Gläsern trinkt. Verrührte den Zucker darin und sah zu, wie man hinter der Theke mit einer Schere von einem Strang Brandteig Stücke abschnitt und in eine Pfanne mit Öl warf. Führte das randvolle, heiße Glas vorsichtig an den Mund. Und schlug, absichtslos und ohne darüber nachzudenken, den Blick auf.

Als sähe dir jemand zu?

Solche Gesten befallen einen wie Ausschlag.
Ich weiß, was du meinst.
Ja? Jedenfalls sah ich mein Gesicht wie eingefroren in dem eisigen Lichtkeil, der still und ohne Flirren in den Spiegel hineinstieß.
Sie öffnete die Augen. Zwei Polizisten patrouillierten so langsam vorüber, als gäben sie sich Mühe, leise zu sein. Vor den Schaufenstern, in den Versorgungsgängen und überall, wo eine Nische war und etwas weniger Licht, hatten sich Menschen hingekauert. Nicht alle schliefen. Viele lagen einfach nur reglos da mit offenen Augen und ohne Blick. Vor sich Flaschen und die Verpackungen der Imbisse. Andere hatten sich die Mäntel über das Gesicht und die Schultern gezogen, Paare lagen eng aneinander, die Beine verschlungen, Familien Kopf an Kopf. Wie von einer Katastrophe hingestreckt, dachte sie. David?
Ja.
Als ich die Narbe sah auf deiner Haut, war es, als ob ich den Schmerz selbst spürte. Und dann war es plötzlich kein Schmerz mehr.
Sag mir, wie du heißt.
Ich weiß es nicht. Erzähl weiter.
Ich lernte sie noch am selben Tag kennen.
Wen?
Ich verließ das Café, ging hinaus auf den Platz und sah sie auf einer der Bänke. Ein Mädchen, sehr

jung, in einem hellen Kinderkleid. Es saß unter den Platanen im Schatten und las in einem dünnen, flattrigen Comic. Als es aufstand und wegging, folgte ich ihm. Bis zur Plaza San Nicolas in der Jarauta. Das ist das Abbruchviertel am Rande der Altstadt zum Fluß hin, wo Gerüste die Wände halten, die Fenster vernagelt sind und dunkle, feuchte Eingänge in die Häuser offenstehen. Ich sah, wie das Mädchen in einem billigen Hostal verschwand, und wartete davor.

Du bist einfach vor dem Haus stehengeblieben?

Ja. Ich wartete den ganzen Nachmittag. Dann ging ich hinein.

Warum?

Ich weiß es nicht.

Und?

Der Hausflur führte auf ein kleines Zimmer, dessen Tür offenstand. Dort kauerte das Mädchen auf einem Sofa und sah fern. Lächelte mich an. War nicht überrascht. Nahm den Kaugummi aus dem Mund und wickelte ihn in ein Papier aus dem Aschenbecher. Ob ich ein Zimmer wolle, fragte es und redete in seiner Sprache weiter. Ich verstand nicht viel. Das Lachen. Der Lippenstift. Die Fingernägel mit dem grellen Nagellack. Der Geruch des Kaugummis, als das Mädchen dicht vor mir stand. Ich versuchte, es auf das Sofa hinabzudrükken. Es wehrte sich. Ich hielt Geld hin. Es nickte

und ging vor mir her die Stiege in den ersten Stock hinauf. In eines der Gastzimmer.
Wie sah das Mädchen aus? Beschreib mir, wie es aussah.
Ich weiß es nicht.
Das mußt du doch wissen!
Nein. Ich weiß noch, das Licht fiel schräg zwischen den grünen, schartigen Holzlamellen der Jalousien ins Zimmer. Es gab ein Waschbecken, einen Schrank mit Spiegel, ein Bett. Eine Lampe über dem Bett. Weiße Kissen. Ich sah mich im Spiegel. Und das Mädchen, wie es sich auszog. Sah im Spiegel, wie es mich ansah und unter die Decke schlüpfte.
Wie alt war es?
Ich weiß nicht.
Hatte es schon Brüste?
Hör auf!
Und Haare zwischen den Beinen?
Er schwieg.
Die, sagte sie langsam, die im Café bediente, nahm mich mit zu einem Fest. Ich weiß nicht, ob du dich an sie erinnerst. Wibke heißt sie. Dort erfuhr ich auch, daß die Mauer offen ist. Ihr Freund, Chris, nahm mich später. Von hinten, in einer kleinen Kammer neben der Küche. Ich bin froh, daß er nicht kam.
Warum?

Ich mag es nicht, wenn es so aus mir herausläuft.
Erinnerst du dich an Wibke?
Nein.
Was glaubst du, wie alt ich bin. Fünfunddreißig?
Ich weiß nicht.
Ich auch nicht. Und du?
Siebenundzwanzig.
Wibke ist in deinem Alter. Fickst du mich, David?
Sei still.
Sie schwieg und hörte, wie die Störungen in Wellen durch die Leitung rauschten, lauter wurden und wieder leiser, als kämen sie näher und entfernten sich. Schließlich begann David wieder zu erzählen.
Die Haut des Mädchens an meiner, mein Gesicht in seinem Haar und seine Stirn in meiner Halsbeuge. Bis plötzlich, wie in einem Krampf, seine Zunge in meinen Mund zuckte und seine Lippen sich über meine schoben. Dann kroch es an mir hinunter, und seine festen, lockigen Haare wischten mir über Schenkel und Bauch. Immer, wenn ich versuchte, es zu berühren, wich es zurück. Schaute hoch und schüttelte den Kopf. Lächelte dabei. Da ließ ich es. Nur über die Haare durfte ich ihm streichen wie einem Kind.
Und?

Danach legte es sich wortlos neben mich. Zog die Beine bis an den Bauch und schmiegte sich so dicht mit dem Rücken an meine Seite, daß ich die Wirbelsäule an meinen Rippen spürte.
Dann bist du gegangen?
Nein. Ich sah es, wenn ich den Kopf ein wenig schräg legte, noch immer im Spiegel. Es tat nur so, als schliefe es. Sah, daß es mich ansah, drehte mich hin zu ihm, legte seine Schenkel um meine Hüften und nahm es.
Hast du dem Mädchen einen Namen gegeben?
Was?
Ob du ihm einen Namen gegeben hast?
Was meinst du damit?
Du warst doch der erste?
Ich weiß nicht. Es blutete nicht.
Ich wäre gern an seiner Stelle gewesen. Fickst du mich, David?
Sei still.
Bitte!
Das war nicht wichtig.
Nicht wichtig?
Wichtig war, was danach geschah.
Was?
Wir lagen noch eine Weile auf dem Bett. Dann setzte das Mädchen sich auf, nahm meine Hand und drückte auf dem Handrücken Zigaretten aus. Es lächelte, als es meine Hand nahm.

Sie sagte nichts. Die Rolltreppen schrappten leer herauf, als schlügen Wellen an einen Strand.
Ich schrie nicht.
Warte einen Moment, David.
Sie legte, als trüge sie seine Stimme in ihrem geschlossenen Mund, den Hörer auf den Apparat. Atmete tief ein, doch die abgestandene, von den Klimaanlagen nur immer wieder umgewälzte Luft löste die Beklemmung in ihr nicht. Jene, denen sich die Mauer geöffnet hatte, schliefen. Wie ein Schlagschatten, wußte sie, würde diese Nacht von nun an alle Tage über die Stadt fallen. Die beiden Polizisten kamen wieder näher. David?
Ich schrie nicht.
David.
Ja?
Faß dich an. Ich will hören, wie du dich anfaßt.
Und nach einem Moment hörte sie das Geräusch von raschelndem Stoff und seinen Atem. Beides bog die Zeit herab zu einem Augenblick, und das Gefühl geronnener Gegenwart durchsickerte ihren Körper. Wieder schloß sie die Augen. Wußte, dieser Moment würde wiederkehren, immer von neuem, bis sie ihren Namen fände. Fremd waren sie beide in allem anderen. Ich kann hören, wie du dich berührst. David?
Ja.
Wie siehst du aus?

Er antwortete nicht, und sie versuchte, ihn sich vorzustellen. Erinnerte sich an die dunklen Haare vom Schamhügel zum Bauchnabel. Die sehr bleiche Haut. Seinen unruhigen Blick, unter dem sie gelegen hatte. Die Narbe.
Erzähl weiter. Erzähl mir vom Schmerz.
Auf dem Nachttisch lagen eine Packung Ducados und Streichhölzer. Das Mädchen zündete eine Zigarette an und stellte den Aschenbecher auf das Laken. Ein Aschenbecher aus abgeschrammtem Aluminium. Sie zog einmal an der Zigarette und strich die Asche ab. Das scharrende Geräusch am dünnen Metall. Dann drückte sie mir die Glut, kurz nur, auf den Handrücken. Ich schrie nicht. Sofort bildete sich ein roter, runder Krater, erhaben um den eigentlichen Verbrennungsherd, und dann aus der Rötung heraus eine weißliche Brandblase. Eine kreisrunde Hautkuppel über dem verbrannten Fleisch. Sie zog noch einmal an der Zigarette, drückte sie aus, griff nach der Schachtel und rauchte die nächste an. Gab sie mir zwischen die Lippen für einen Zug und beugte sich dann ruhig, als lackierte sie mir die Fingernägel, wieder über meine Hand. Verbrannte die nächste Stelle. Ich ließ ihr meine Hand lange. Im Spiegel das Licht zwischen den grünen, schartigen Holzlamellen.
Nichts heilt, dachte sie. Nicht wirklich. Der Schmerz bleibt, und keine Wunde schließt sich. Und dann?

Ich fuhr weg aus der Stadt und weit über Land. Nach Galizien. Den Rio Xestosa entlang und weiter.
Und?
Frauen, die schweigend aus dem Dunkel durch eine offene Tür hinaus auf die Straße starren. Die verrosteten Armbanduhren der Bauern. Beim Schlafen im Freien dreht man das Gesicht immer zum Mond.
Und?
Der Geruch des Mädchens. Ich finde ihn immer wieder für Momente auf meiner Haut. Als hätte ich ihn erbeutet. Als führte ich ihn unerlaubt mit mir. Und die Gier nach ihrem nickenden Kopf und nach dem punktgroßen Schmerz.
Und?
Ich fing an, mich selbst zu quälen. Später fand ich welche, die es für mich taten und die ich dafür bezahlte.
Er schwieg. Und nach einem Moment, in dem sie noch zögerte, begann sie endlich, stockend und zaudernd, doch ohne Pause und immer schneller, zu erzählen. Und erzählte von dem Messer und dem Blut und meinem Schrei, und wie sie durch die Stadt geirrt sei und von dem Hund und von ihrem Schlaf am Flughafen, von dem Fest auf dem Schiff und von Chris und Wibke und immer wieder von dem Schnitt durch meinen Hals.

David unterbrach sie nicht und fragte nichts. Doch sie hörte, wie seine Hand über die Haut glitt, und sie lauschte darauf, wie er sich zu ihren Worten berührte. Und selbst, als sie alles gesagt hatte und schwieg, stand sie noch lange inmitten der Schlafenden und lauschte, ohne zu bemerken, wie die Zeit verging, auf seinen Atem und auf sein leises Stöhnen inmitten der Interferenzen und dem Rauschen. Ich kann dich hören.

VI

Ohne Blick für das, was sie umgab, nahm sie den Hörer vom Ohr und legte ihn langsam und so, als wäre er zerbrechlich oder etwas dürfte nicht gestört werden, auf den Apparat, ohne die Verbindung zu unterbrechen. Für einen Moment schien es Lara, als hörte sie Atemgeräusche aus dem Lautsprecher. Nahm sie schnell mit sich fort.
Wortlos ließ sie sich wegführen. Und starrte, während Lara die Innenstadt, in der kein Durchkommen war, weiträumig über den Ernst-Reuter-Platz, die Franklinstraße und Alt-Moabit umfuhr, schweigend hinaus, als lauschte sie noch immer den leisen Geräuschen aus dem Telephonhörer nach. Rührte sich auch nicht, als sie schließlich den Grenzübergang Invalidenstraße erreichten und in den Jubel der Zuschauer und in die Lichter der Photographen gerieten. Lara kurbelte, um nicht aufzufallen, ein Fenster des Lada herunter und schrie laut mit den Passanten. Dann waren sie im Osten.
Kurze Zeit, nachdem sie die Grenze passiert hatten, bog Lara von der Invalidenstraße in eine Seitenstraße ein. Die Gehsteigplatten an vielen Stellen zerbrochen und hochgewölbt, der Fahrweg Kopfsteinpflaster. Als sie vor einer Schranke hielt, kam

ein Wächter aus seiner neongleißenden Kabine, die sich einer hohen Backsteinmauer anschloß. Für einen Moment hörten sie spärlich Radiomusik, die aus dem Verschlag aufstieg und über dem Mauerfirst verwehte.
Matern hatte am späten Abend an der Pforte angerufen und für diese Nacht Besuch angekündigt. Der Nachtwächter fand bei Schichtbeginn die entsprechende Notiz auf dem Schreibtisch. Er tippte mit Zeigefinger und Mittelfinger an das glänzende Plastikschild seiner Mütze, öffnete die Schranke und sah dem Lada nach, bis er hinter der Biegung der schmalen Gasse verschwunden war. Dann hörte er wieder, wie die Neonröhren in der kalten Nacht summten und wie die Musik aus dem Kofferradio dünn an der Backsteinmauer hinaufstieg.
Oben, auf dem schmalen Mauerfirst, wuchsen im zerbröckelnden Beton und zwischen Glasscherben, die bizarr und unberührt seit einem Jahrhundert emporstachen, Gras und Moos und an einer Stelle ein dürres Birkenstämmchen. Dunkel überragten hohe und spitze Giebel die Mauer, die das Gelände der Charité bis zur Spree hin einfaßt, wo sich, im Sumpfland, durch das bis zur Mitte des letzten Jahrhunderts noch ein Seitenarm der Panke floß, den man erst spät zuschüttete, das Institut für Pathologische Anatomie befindet.

Niemand hatte auf dem unsicheren, nassen Grund bauen wollen, und die Parzelle lag brach, bis Virchow über sechshundert, neunzehn Meter lange Eichenpfähle in den Spreebogen am Alexanderufer treiben ließ. Drei Meter Torf, zwölf Meter moorigen Grund und meterdicken Sand durchdrangen die Pfähle, bevor sie Halt fanden und den Rost tragen konnten, auf dem man die Betonplatte verankerte, die das eigentliche Fudament bildet. Obduktionssäle, Heizungsräume, Kapelle, Präparationslabor, Glaslager und Leichenhalle im Keller. Darüber neugotisch mit Säulen und Fensterbögen fünf Stockwerke, in denen sich heute der Hörsaal, Labore und Verwaltungsräume befinden. Viehställe und Gewächshäuser nahebei.
Und auch in dieser Nacht, als Lara langsam mit abgeblendetem Licht durch immer engere Straßen fuhr, an efeuüberwachsenen spitzgiebligen Gebäuden aus rotem Backstein vorbei und unter alten Platanen und Kastanien hindurch, die sich weiß im Licht über sie wölbten, war es um die Ruine des alten Museums noch etwas dunkler als sonst auf dem Gelände.
Türen und Fenster vermauert seit jener Nacht, in der eine Brandbombe das Gebäude traf, und die über zwanzigtausend Präparate der Virchowschen Sammlung in ihren Glaszylindern siedeten und brodelten, bis die Gläser klirrend zersprangen und

ihren Inhalt aus jener Konservierungslösung, die Virchows Assistent Kaiserling entwickelt hatte, mitsamt den Knochen und Wucherungen und Mißbildungen und Organen in die Feuer hinein erbrachen.
Hell brannten die gleißenden Lampen der Grenzbefestigungsanlagen hinter der Ruine, als Lara daran vorbeifuhr und vor dem Hauptgebäude der Pathologie hielt. Eine vierstufige Treppe ohne Geländer, eine schwache Lampe über dem Portal, Schwingtüren.

▪

Sie strich sich mit der Hand durchs Haar und ging zögernd einige Schritte in den Raum hinein. Scheinwerferlichter und Motorengeräusche von der nahen Grenze zogen über sie hinweg und flakkerten fern an den Wänden.
Eine große dreiflügelige Schiefertafel neben der Tür. Rechts an der Wand ein hohes Fenster. Sie stand neben einem Tisch aus mattglänzendem Stahl. Darüber an der Decke Stahlseile und Rollen, ein schwerer Metallarm mit einer Lampe und linkerhand neben der Tür ein menschliches Skelett. Der Raum, dachte sie, muß sehr hoch sein.
Es war warm und roch nach Bohnerwachs und scharfen Reinigungsmitteln. Heizungsrohre gluck-

sten laut. Sie bemerkte, daß dort, wo sich der dämmrige Lichtkreis auf dem grünlichen Linoleum verlor, ein Geländer verlief. Darüber, halbkreisförmig, wie ineinander verschachtelte Kulissen, sah sie Balustraden, die sich hoch auftürmten bis dorthin, wo der Saal ins Dunkel ging. Es schien ihr, als hörte sie Flüstern von dort.

Hinter ihr fiel die Tür ins Schloß. Als sie sich umwandte, sah sie Lara ihr zulächeln und mit einer Geste bedeuten, sie solle weitergehen.

Ich habe Besuch mitgebracht, Carl. Ich hoffe, wir stören nicht.

Er hat blaue Augen, dachte sie und bemerkte, wie unter dem hageren Gesicht mit tiefen Falten auf den glattrasierten Wangen spitz der Adamsapfel über den weißen Stehkragen des Arztkittels zuckte. Rotgewaschene Hände. Nervös und unruhig rieben sie sich aneinander, und sein Blick wischte unstet über sie hinweg, so, als hätte man ihn bei etwas unterbrochen und er wüßte nicht, was nun zu tun sei.

Ich bin Professor Matern. Guten Abend. Waren Sie schon mal im Osten?

Sie schüttelte den Kopf.

Hic nox hic salta, sozusagen. Sie sind doch nicht etwa nervös?

Sie verstand nicht. Nox, wußte sie, hieß Nacht. Er zischte das Wort, bis der Ton nur mehr ein scharfer Hauch war. Wie Gas, das aus einer Kartusche entwich. Sein Blick ging ziellos über sie hinweg. Doch plötzlich verharrte er und wurde ruhig. Jetzt sieht er Lara an, dachte sie.

Am lebendigen Leib, verstehen Sie? Sie reißen die Narbe auf, die so gut verheilt schien. In dieser Nacht, verstehen Sie? Man muß neu begrenzen, ins Wuchernde schneiden, tief ins Lebendige hinein.

So, als liefe ein Film weiter, der unbelichtet nur noch Weiß zeigt und sich dennoch schattenhaft auf der Leinwand mit Bewegung füllt, hörte sie ihm zu. Bis plötzlich jemand laut auflachte. Matern hielt inne. Und sie spähte, an ihm vorbei, in das Dunkel hinein. Ihr Blick lief suchend wie über Zeilen durch die sich auftürmenden Stuhlreihen. Krachend warf sich Dr. Roll in die hölzerne Lehne zurück. Sein Grinsen bleckte weiß auf. Heike und Heiko saßen bei ihm.

Ihr Blick suchte weiter, huschte nochmals Zeile um Zeile durch das Gestühl. Nah am steilen Mittelgang sah sie Schween. Bei ihm war Wibke. Und Kirchberger. Vor den dreien auf der Balustrade metallen glänzende Filmdosen. Schween nahm sie und legte sie hinter dem Geländer auf den Boden. Wibke wandte sich ab. Roll zog Heike zu sich heran. Sie bestieg ihn und hielt sich am Geländer dabei, um nicht zu fallen. Mit einem spitzen, hellzitternden Stöhnen sank er nach hinten, und im selben Moment schaltete Lara die Beleuchtung des Tisches ein.

Unter dumpfem Summen glühte langsam hinter ihr eine Lampe auf. Das Licht warf ihren Schatten nach vorn in die Gesichter und brannte hinter ihrem Rücken auf dem Stahl des Tisches wie kaltes Feuer. Im Rhythmus der Stöße skandierte Roll Ficken! Ficken! Ficken! Wie ein Metronom setzte sich das in ihren Kopf. Sie ging einen Schritt hin zur Balustrade und spürte, wie die Zeit stockte. Das, was geschah, reichte immer nur einen einzigen Moment weit. Dahinter, immer wieder, nichts.

Noch immer summte die Lampe, und das Licht im Raum nahm an Helligkeit zu. Das Weiß verbrannte die Farben dort, wo es hintraf, und schlug um die tiefschwarzen Bereiche die Schlagschatten seines Zirkels. Ich darf keinen Fehler machen, dachte sie und wiederholte diesen Satz so lange, bis der nächste erschien. Kannte ihn nicht. Sprach ihn aus.

Der Saturn ist auf seinem höchsten Stand, sagte sie und legte müde dort, wo Wibke und Kirchberger saßen, ihren Kopf auf die schmale Holzkonsole, die vor den Stuhlreihen verlief. Schloß die Augen und wiederholte es murmelnd noch einmal. Der Saturn hat seinen höchsten Stand erreicht.

Was heißt das? fragte Kirchberger, doch sie antwortete nicht.
Da strich ihr Wibke über das Haar. Öffnete die kleine grüne Flasche an der Kette um ihren Hals, gab etwas von dem Pulver mit dem kleinen Löffel auf ihren Zeigefinger und ihr, die vor ihr lag mit geschlossenen Augen, auf die Lippen. Müde leckte sie das Pulver auf, leckte sich die Lippen feucht, und Wibke bestäubte sie erneut. Und wieder leckte sie es auf.
Am Schmerz der Wunde merkt man es, murmelte sie. Der Frost in der Wunde tut so weh.
Was ist mit dem Schmerz? Wibkes Stimme war so leise wie die Berührung ihrer Lippen.
Sobald gewisse Sterne aufgehen, deren Kreise hoch übereinander verlaufen und die sich anders als die anderen Planeten bewegen, und auch bei Mondwechsel wird die Wunde kalt und schmerzt vor Frost. Das Fleisch wird dann kälter noch als Schnee.
Was macht man gegen den Schmerz?
Das Gift, sagte sie. Das Gift an der Speerspitze ist heiß. Wenn man den Speer tief in die Wunde legt, nimmt er den Frost und den Schmerz. Wird rot von Blut davon. Der Frost zieht sich um den heißen Speer zu Glas zusammen, das aussieht wie Eis.
Die Wunde schließt der Speer nur, der sie schlug, sagte David leise. Er hat recht, dachte sie und öffnete die Augen.

Niemand hatte bemerkt, daß er hereingekommen war. Außer Atem, weil er den Weg von der Pforte bis zum Institut und die Treppen herauf gelaufen war, hatte er einen Moment an der Tür gewartet, bevor er sie leise ins Schloß drückte und die Stufen hinabging. Er stützte sich auf das Geländer und beugte sich herab zu ihr. Sie sah, sein Gesicht war noch feucht vom Regen. Auch der Trenchcoat, den er über einem schwarzen Rollkragenpullover trug, hatte dunkle Flecken. Dann bemerkte sie auf seinem Handrücken die Narben, pfenniggroße weißliche Male, und spürte, wie die Zeit wieder ein winziges Stück freigab vor ihr. Wußte für diesen nächsten Moment, was sie zu tun hatte.

Sie richtete sich auf und ging zurück zu dem stählernen Tisch, an dem Matern auf sie wartete. Blieb mit dem Gesicht zur Tafel stehen und begann sich auszuziehen.

Und hoch oben im Dunkel des Saals sah Roll ihr schweigend zu. Er hatte, als es ihm mit einem jähen, wunden Schmerz gekommen war, sein Gesicht aus den blonden Haaren genommen, und Heike war, von ihrem Freund gestützt, wortlos von ihm herabgestiegen. Er hatte die Wörter und Zahlen gelesen, die man in die hölzerne Ablage geritzt hatte. Hatte durch das Fenster auf der rechten Seite verfolgt, auf welche Weise die Scheinwerfer der Wagen am Grenzübergang ihren Weg herein in den Saal nahmen. Ihm war kalt. Das Zittern unter der Haut ließ nicht nach. Niemand außer Matern sah das Lächeln, das ihm noch immer starr um den Mund hing. Blechern und weiß grinste es auf, wenn Rolls Gesicht in das Licht eines der Scheinwerfer geriet.

Darf ich auch, bitte? fragte David. Bitte, darf ich?

Leck mich, dann darfst du sie ansehen. Lara zog den Rock hoch und öffnete mit Zeigefinger und Daumen beider Hände ihr Geschlecht.

David kniete sich vor ihr hin, betrachtete die glänzenden Schamlippen und vergrub seinen Kopf zwischen ihren Beinen. Begann sie zu küssen und an ihr zu saugen und leckte mit der Zunge tief in sie hinein. Und Lara schloß, als er für einen Moment von ihr abließ und sich umsah nach der im grellen Licht vor dem stählernen Tisch, ihre Schenkel fest um seinen Kopf. Nahm den goldenen Kubus ihres Lippenstiftes aus der Tasche und wendete ihn lange um und um, bis sie plötzlich David mit beiden Händen ins Haar faßte und seinen Kopf hochriß.

Wie um sich selbst zum Schweigen zu bringen, stieß sie sich einen Finger tief ins Geschlecht. Da! Sieh hin!

■

Sie zog die Unterwäsche über den Kopf und ließ sie auf den Boden fallen. Trat aus ihren Schuhen heraus und stand für einen Moment reglos neben ihnen. Dann drehte sie sich um.

Alles, was geschehen war, jede Berührung und jeder Blick, vernetzte sich miteinander auf ihrer Haut, und vernetzte sie, wie die Risse einer vom Mittelpunkt splitternden Glasscheibe, nach allen Seiten mit dem durchsichtigen, dunklen Raum dieser Nacht. Sie sah den goldenen Kubus des Lippenstiftes und wie Lara ihn in ihren Händen um und um wendete. Wie David am Boden kauerte zwischen ihren Beinen. Wie Lara sich langsam über die Scham strich.

Meine Haut ist die Topographie eines Krieges, dachte sie. Pläne und Intrigen, Grabenkämpfe, Partisanentrupps, Bündnisse und Übergabeforderungen haben auf ihr Platz. Meine Haut ist das Gelände einer Schlacht, deren Verlauf ich nicht begreife. Man verhandelt auf mir und fliegt Angriffe, deren Ziele ich nicht kenne. Zettelt Scharmützel an, und ich weiß nicht, gegen wen. Begradigt mir unbekannte Fronten, schließt Verträge, und ich weiß nicht, zu welchem Preis. Doch immer lesbarer wird die Schrift, dachte sie und sah, wie die Feuchtigkeit um Davids Mund glänzte.

Sie sah, wie er aufstand und zu ihr kam. Wie er ein Seil nahm, das Matern ihm gab, es ihr um den Oberkörper schlang, verknotete und mit einem zweiten ihre Hände fest auf den Rücken band. Wie er sich vor ihr hinkniete und lederne Schlaufen an ihren Knöcheln befestigte. Wie er eine metallene Stange mit geschmiedeten Ösen an den Karabinerhaken der Lederschlaufen befestigte. Ihre Schenkel öffneten sich weit. Sie ließ es geschehen.
Und sie sah ihm zu, wie er sich auszog. Sah wieder sein zerschnittenes Geschlecht. Und daß er über und über verstümmelt war. Las die Schrift auf seinen Hinterbacken. Flüssiges Blei, dachte sie. Verbrannt seine Brust und eine Brustwarze herausgerissen. Sein Nabel ein tiefer schwärzlicher Krater. David nahm sie, hob sie hoch und setzte sie auf den Tisch. Befestigte an der Stange den Haken der Seilwinde, den Matern von der Decke herabließ. Zahnrad um Zahnrad rastete die Welle klackend ein. Das Stahlseil spannte sich am Haken, und die Schlaufen um ihre Knöchel zogen an.
David hielt sie. Er hob ihre Unterschenkel erst ein wenig, um dem Zug entgegenzukommen, schwang sich dann auf den Tisch, kniete hinter ihrem Kopf und faßte sie an den Schultern. Für einen Augenblick lag ihr Gesicht an seiner Brust, und sie küßte ihn dorthin, wo einmal seine Brustwarze war. Dann zog die Winde stärker an. David griff

ihr unter die Schulter, hielt ihren Kopf noch einen Moment in beiden Händen, ließ los.
Der Schmerz war ein Band, das sich durch die Augen in ihren Kopf hineinfädelte. Einen Saumpfad ins Unterholz und an verkrüppelten Pinien vorbei. Immer weiter bis zum Abriß der Steilküste. Auf das Meer hinaussehen, dachte sie. Kaum eine Horizontlinie. Kein Mond hinter den tiefen Wolken. Kein Widerschein auf den Wellen.
Und wegsehen, dachte sie und ging die in Sandstein und Quarzit gegossenen und von gefrierendem Wasser zerspellten Betonstufen hinunter zur Bucht. Und hinüber zu dem steilen Felsvorsprung, der die Bucht abschließt. Zu jener natürlichen Kaverne und dem Tor aus schon lange verrostetem Metall, das lose in den Angeln hängt. Hier, dachte sie, windgeschützt hinter dem Gitter, bleiben manchmal welche sommers über Nacht. Im hohen Schatten des Küstenabrisses, aufgeworfen an den windglatten Felsen, vom Wasser bleich geschälte Äste. Beharrlich der Wind vom Meer her und herab vom Landrand die Geräusche der Straße. Am anderen Ende der Bucht ragt eine Landspitze kaum kenntlich ins Dunkel. Das Meer näßt die Küstenspur und schlägt einen Bogen über den Strand. Klirren der Kiesel im Schub des Wassers vom Grund her.
Und sie balancierte über die geschliffenen Steine

vorsichtig den Bogen entlang zum Ende der Bucht. Die Mauerreste, Schalholz und Treibgut, Gittertor, Stufen und Abwasserrohre anbrandende Wellen. Immer wieder sich nach beiden Seiten umsehen auf der verdunstenden Linie, an der sich das Meer mit dem Land verzahnt im lauten Aus- und Einatmen des Windes. Im Gehen nicht mehr auszumachen, was Spiegelung und was Gespiegeltes, und immer weiter pendelte diese Bewegung durch ihren Kopf, und sie hörte, wie die Lederschlaufen an ihren Knöcheln knarrten.

Leicht schwang sie hin und her. Dann ließ die Bewegung im Seil nach. Sie hing, kopfüber, still. Ihr Körper mit den Beinen nach oben, sich selber fremd, eine Pflanze und ihr Geschlecht eine Frucht. Seltsam traf alle ihr Blick aus den umgekehrten Augen.

■

Sie sah im Augenwinkel, wie David vom Tisch herunterstieg und zu Matern hinüberging an die Winde. Der Professor ließ den dritten Haken von der Decke, und David schlang sich ein Seil unter den Achseln um den Körper. So schnell zog Matern ihn hoch, daß an mehreren Stellen die Haut riß. Helles Blut lief ihm an den Seiten hinab.

Mühsam kam Roll, alle Glieder zitterten ihm,

langsam die Stufen herab in das Rund und kauerte sich schwerfällig an die Balustrade. Heike und Heiko dicht bei ihm. Kirchberger griff Schween ins offene Hemd, hinein in das sehr weiße weiche Fleisch, und tonlos wie ein Fischmund öffneten und schlossen sich die Lippen des Filmemachers. Achtundzwanzig Jahre! rief Heike vom Linoleumboden herauf und klappte ihre Schenkel weit auf. Da lief Wibke zum Fenster und öffnete es. Nachtluft kam kalt herein und laut das Dröhnen der Motoren. Und sie schloß die Augen.
Lara, die, ohne zu beachten, was um sie geschah, neben ihr gestanden hatte, beugte sich langsam wie über einen Wasserspender hinab auf ihr Geschlecht und leckte darüber hin. So sehr gierte es sie nach dem Geschmack, daß sie lange an den Schamlippen saugte und ihr Gesicht in das Haar preßte wie in einen Schwamm.
Ich finde, dachte sie, keine Schuld an ihr und nichts, was des Todes wert wäre. Darum will ich sie züchtigen. Warum spricht sie nicht mit mir? Weiß sie nicht, daß ich die Macht habe, sie loszugeben? Lara nahm ein hölzernes Etui aus einer Schublade des stählernen Tisches. Klappte es auf und strich mit der Hand über den kalten Stahl der Skalpelle und Lanzetten, Klemmen, Scheren und Wundhaken.
Ein Betrachter, der zwei Punkte sieht, verbindet sie

automatisch durch eine Linie zu einer Strecke. Drei Punkte zu einem Dreieck. Immer ergibt sich das, was man Sinn nennt, dachte Lara. Zog den goldenen Kubus des Lippenstifts aus ihrem Jackett und nahm die Verschlußkappe ab. Das giftige Rot der Spitze schraubte sich aus dem Kubus heraus und stach weit hervor.

Den ersten roten Punkt setzte sie unterhalb der Rippenbögen. Man darf nicht vergessen, daß diese Ordnungsfähigkeit beschränkt ist, dachte sie. Unmöglich, zehn oder zwanzig scheinbar willkürlich angeordnete Punkte zu einer imaginierten geometrischen Figur zu verbinden. Sie markierte eine Stelle neben dem Bauchnabel. Was also ist Wahrheit? Sie tupfte mit der roten Spitze in das Schamhaar hinein und schraubte den Lippenstift zu. Welch ein Mensch, dachte Lara und wählte aus dem Kästchen ein Skalpell mit sichelförmiger Schneide.

Da hörten beide zugleich, wie sich in der Lautlosigkeit, die um sie lag, von weit ein leise klackendes Geräusch näherte. Wie um ihr den Mund zuzuhalten, legte Lara ihr eine Hand auf das Geschlecht. Das Klacken kam näher. Lara drehte sich um, und sie, kopfüber, öffnete die Augen. Und beide sahen, wie von dort, wo Decke und Treppe sich zu berühren schienen, der Hund langsam herabkam.

▪

Stufe für Stufe setzte der Hund vorsichtig erst eine Vorderpfote auf, dann die andere, und seine Krallen klackten auf dem blanken und harten Linoleum. Er hielt den Kopf tief gebeugt. Sein Fell troff von Wasser. Um den Fang Erde und am linken Hinterlauf eine Brandwunde. Er hat gelbe Augen, dachte sie und hing in seinem Blick. Sein Atem war heiß und stank, und er hüllte sie hechelnd damit ein. Er wartet, dachte sie. Laßt mich runter!
Die Winde zog schnarrend, Zahnrad auf Zahnrad, an, das Seil zitterte, doch kurbelte Matern sie versehentlich nach oben, und plötzlich war sie ganz nah bei David und sein Mund an ihrem Ohr. Denk an mich, flüsterte er, und sie küßte ihn schnell. Noch heute wirst du mit mir im Westen sein. Dann klapperte die Winde, und die Kälte des Metalls verbrannte ihren Rücken. Sie wurde umgedreht, man löste ihre Handfesseln, und der Hund setzte, ohne zu zögern, mit einem Sprung hinter ihr auf den stählernen Tisch.
Sie schrie, versuchte ihm zu entkommen, für einen Moment verloren seine Pfoten unter ihrem Zukken auf dem glatten Metall den Halt, er rutschte weg, jaulte auf, doch fester gruben sich die Krallen erneut in ihre Haut. Speichel tropfte ihr auf den Rücken, und seine Zunge leckte darüber hin.

Der Schmerz war ein glänzendes, gläsernes Stückchen Zeit, das sich einbrannte und in ihr zu schwelen begann. Ein Augenblick, in den sie wie in glitzernde Scherben stürzte, und die Wunde verlief durch sie hindurch, die aufgebrochene Wunde. Im Schoße der Jungfrau die geronnenen Gedanken Gottes, dachte sie. Dann war plötzlich die Schnauze des Hundes neben ihrem Kopf, Hecheln ganz dicht an ihrem Ohr, und der Hund flüsterte ihren Namen.

▪

Die Nacht zerriß wie ein Vorhang. Grau flatterte der Saum des Tages über den Horizont und erstes Licht in den Raum herein. Sie lag lange still und genoß, daß sie sich nicht länger im Atem der Stadt hob und senkte. Immer wieder sagte sie sich laut ihren Namen vor. Setzte sich schließlich auf, löste ihre Fesseln, die Füße vom Holz und aus den Schlaufen, und stieg vom Tisch herunter. Das Theater der Anatomie war leer. Als sie ihre Kleider vom Boden nahm, fiel der goldene Lippenstift aus dem Bündel. Sie zog sich an und steckte ihn in die Brusttasche ihrer Lederjacke.
Bevor sie die schwere Tür des Hörsaals ins Schloß drückte, sah sie, David hing noch immer hoch oben am rechten der drei Haken. Die Scheinwer-

ferlichter der Wartburgs und Trabants, die durch den Raum zogen, loderten um seine Beine und warfen flatternde Schatten um seine Schultern wie Flügel. Sein verstümmeltes Geschlecht ragte empor. Blut rann ihm dünn an der Seite herab. Er hatte die Augen geschlossen.

Als sie eine offene Tür fand und in den Garten des Anatomischen Instituts der Charité hinaustrat, war der Morgenhimmel klar und hellte sich schnell auf über der Stadt. Die Luft war kalt und trocken. Heiß brannte der Name in ihr. Sie beeilte sich.

VII

Mit dem ersten Flugzeug, das an diesem Morgen auf dem Flughafen Tegel landete, kehrte der Berliner Bischof der Katholischen Kirche, Georg Sterzinsky, aus der Ewigen Stadt Rom, wo ihn die Nachricht vom Fall der Mauer noch in der Nacht erreicht hatte, vorzeitig nach Berlin zurück.

Zu diesem Zeitpunkt hatten Proteus- und Pseudomonasbakterien meinem Körper längst jede Kenntlichkeit genommen. Langsam hatten sie die Epidermis von der Unterhaut gelöst. Wie ein Handschuh lag sie über dem Fleisch. Auf den Oberschenkeln bildeten sich Fäulnisblasen, die meine Beine unter dem Gasdruck weit spreizten. Gegen vier Uhr am Morgen, als die ersten dreihundert DDR-Bürger sich beim Pförtner des Rathauses Tiergarten zum Empfang des Begrüßungsgeldes meldeten, war die Haut so sehr aufgetrieben, daß sie riß.

Vom Park kam es kalt und feucht herauf. Die Temperatur in der Stadt war bis auf drei Grad unter Null zurückgegangen. Im Durchgangsheim Marienfelde hatten eintausend DDR-Bürger Notaufnahmeverfahren beantragt. Am Grenzübergang Invalidenstraße überrannten Westberliner den Kontrollpunkt. In Dreierreihen drängten Grenzposten der DDR die Menschen am Brandenburger Tor zurück. Auf der Straße des 17. Juni neunspurige Autoschlangen. Die Polizei mußte die Eingänge am Bahnhof Zoo aus Sicherheitsgründen sperren. Gegen neun Uhr brach der Verkehr in der gesamten City West-Berlins zusammen.

Als sie am Bahnhof Friedrichstraße die langen Warteschlangen derer durchquerte, die an der Visumstelle um ein Zehn-Tage-Visum für alle Länder anstanden, tippte ihr plötzlich jemand von hinten auf die Schulter. Blitzlicht grellte ihr in die Augen. Schnell wollte sie weiter, doch der Photograph drängte die Wartenden zur Seite und kam ihr nach.

Winter, sagte er. Alexander Winter. Associated Press.

Er trug einen dünnen, hellen Sommeranzug, über den sich die Riemen mehrerer Kameras spannten. Der Stoff war schmutzig, an einer Stelle an der Schulter zerrissen.

Das nennen sie den Tränenpalast, sagte er und deutete auf die Ausreisestelle. Öffnete den angewinkelten Arm mit der Zigarre in der Hand zu einer weiten Geste über die Menschen hinweg, die um sie her in den Warteschlangen vorrückten. Das Mittelalter ist ewig.

Sie zog die Lederjacke fest zusammen und ließ sich wegtreiben, durch die Menschenmenge hindurch und immer weiter bis zum Checkpoint Charlie, wo sie lange warten mußte, bis sie die Absperrungen passieren konnte. Vor dem Axel-Springer-Haus wurde Suppe ausgegeben, von der sie sich, hungrig, etwas geben ließ. An einem Schaufenster las sie im Vorübergehen ein handgeschriebenes Schild. HEUTE ALLES 1:1.

Zur selben Zeit erreichte eine Flut von Kaufaufträgen via London den deutschen Aktienmarkt. Durch die zu erwartenden Garantien und Kredite des Bundes setzte eine massive Nachfrage nach Bau- und Konsumwerten ein, die vor allem Berliner Papieren überdurchschnittliche Gewinne einbrachte. Die Berliner Bank plus sieben Prozent, Berliner Kindl plus fünf, Bertold plus dreizehn, Bekula plus sieben, DeTeWe plus zwölf, Kempinski plus fünf, Schering plus zwei und Springer plus sechs Prozent. Der Kurs der ostdeutschen Währung fiel von 12,50 Mark für 100 Ost-Mark auf neun Mark. Busfahrer der BVG flogen nach München und Frankfurt/Main, um zusätzliche Busse in die Stadt zu bringen. Die Einzelhändler sicherten sich zusätzliche Luftfrachtkontingente und orderten in Westdeutschland vor allem Bananen, Orangen, Ananas, aber auch Kosmetika, Backwaren, Schokolade und Kaffee. Der SFB vermittelte unter der Telephonnummer 30312600 Einladungen in den Westen. An den Schulen fiel der Unterricht aus. Im Krematorium Ruhleben fand die Trauerfeier für Heinz Albrecht statt, Mitglied der Odin-Loge des Deutschen Druiden-Ordens VAOD. Der Sauerstoffgehalt des Groß-Glienicker Sees hatte sich aus ungeklärten Ursachen rapide verringert.

■

Am Anhalter Bahnhof stieg sie in die S-Bahnstation hinunter. Eng gedrängt warteten die Menschen in den überfüllten Gängen. Es war heiß unter den niedrigen Decken, und Reste der nächtlichen Euphorie nisteten zwischen den Gesichtern. Sie ließ mehrere überfüllte Züge vorüber, bis sie sich an die Bahnsteigkante und in einen Waggon hineintreiben ließ. Die Hand an der Haltestange, schloß sie die Augen. Es schien ihr, als wäre ihre Haut überzogen mit all den Blicken und Wörtern, die auf ihr kondensiert waren zur Schrift ihres Namens. Sie wiegte sich im Schaukeln des Zuges und merkte, wie sie einschlief. Da begann es zu regnen.

Sie sah überfließende Rinnsteine und Pfützen an Kreuzungen, hörte das Gurgeln vollaufender Senkschächte, das Tropfen von Dächern herab, auf parkende Autos und von diesen herunter auf das Kopfsteinpflaster, auf das hellgrüne Plastik der Straßenlampen und auf vergessene Markisen, deren Stoff sich immer mehr mit dem Wasser vollsog. Sie öffnete die Augen und sah sich um. Beugte sich, als wollte sie ihr Gesicht in den Regen halten, nach hinten in das Neonlicht.

Ein alter Mann schaute suchend zu Boden. Der stumpfe Blick einer Frau neben ihr war wach geworden. Sie warf den Kopf hin und her und zog das Kind, das sie an der Hand hielt, nah an sich heran. Von weitem war noch der leise Donner des abziehenden Gewitters zu hören, das hoch im Himmel hing, dann hörte der Regen auf. Gesichter wischten an den Fenstern vorüber, und der Zug hielt.

Als er wieder anruckte und im Tunnel Fahrt aufnahm, rollte eine Welle, eine niedrige Brandungswelle an einem seichten, langgestreckten Strand, über die Köpfe der Passagiere. Das Kind zerrte an der Hand seiner Mutter wie ein ängstliches Tier. Da war das Zischen des Wellenkamms schon heran, überschlug sich und schwappte mit einem Ton, als zöge man Luft zwischen die Zähne, über den sonnentrockenen Sand. Überspülte ihn bis zu den Fenstern und den Reklametafeln. Verebbte in leckenden Ausläufern um ihre Hand an der Haltestange, die für einen Moment unter dem Druck des Wassers nachzugeben schien wie Tang oder ein gebleichter Ast, von der Brandung zwischen Felsen gespült und verkantet.

Sie spürte die Kühle der Gischt zwischen den Fingern. Sah die Lippen des Mannes. Wie sie sich kräuselten und bewegten, als flüsterte er mit ihr. Da erkannte sie ihn.
Er saß auf einer der Bänke, vor sich auf den Knien Filmdosen, die Hände darüber gefaltet. Als sie ihm zunickte, stand er auf und kam, die Filmdosen an den Körper gedrückt, durch den vollen Waggon heran. Sie bot ihm lachend eine Zigarette an. Er zog ein Streichholzbriefchen hervor und gab es ihr. PHÄNOMEN-WERKE las sie, bevor sie, eine Hand wie einen Windfang um die Flamme geschürzt, das Holz anriß und ihnen beiden Feuer gab. Die Frau mit dem Kind protestierte, doch sie beachtete es nicht. Mehr. Bitte mehr.
Der Rauch kräuselte sich in der stickigen Luft der S-Bahn um seine feuchten Lippen, als er den Mund öffnete und einen leisen Wind ausatmete, der, als zögerte der Geräuschemacher, sie zu berühren, sofort wieder verebbte. Mehr! bat sie nochmals.
Und der Wind frischte wieder auf und strich zwischen den Mänteln und Jacken hindurch. Er dehnte den Raum zwischen den Passagieren zu einer Landschaft, die immer weiter wuchs und aus der sie das Kind ängstlich ansah. Sie wiederholte sich ihren Namen. Staub wirbelte mit einem kleinen, körnigen Geräusch um Häuserecken, verwehte in den Windschatten hinein und blieb lie-

gen. Ein metallener Papierkorb klapperte im Windzug gegen die Metallstange, an der er befestigt war. Papier wurde aufgeweht, dünnes Luftpostpapier, Durchschlagpapier oder das einer ausländischen Zeitung, raschelte ein Stück durch die Luft und schabte dann hell knirschend am Holz einer Tür entlang. Das Glas eines Fensters, dessen Dichtungsmasse spröde geworden war, schlug klirrend gegen den Rahmen.

Dann lagen Platz und Straße plötzlich still, und sie hörte, wie die Sonne über der bewegungslosen Luft stand und sie erwärmte. Hitze quoll gegen die Wände, blähte die Farben grell auf, und sie dachte an David. Ihr Blick fiel in die ängstlichen Augen des Kindes, und sie lächelte ihm zu.

Da drosselte der Zug ruckend seine Geschwindigkeit, kam zum Stehen, die Landschaft sackte in sich zusammen, und man drängte zum Ausgang. Bevor die Türen zischend wieder zusammenschlugen, sah sie noch, wie er sich einen Weg durch die Menge suchte, die Filmrollen fest an den Körper gedrückt.

■

Was noch da war von mir, hatte der trockene Brand mumifiziert. Schwarz und ledern war die Haut zusammengeschrumpft und hatte sich wie

eine dünne Plastikfolie mit Falten und Löchern über die Reste meines Fleisches gelegt. Dann hatte sich, auf der linken Wange zuerst und kreisrund, eine Kolonie weißen Schimmelpilzes gebildet. Bald war mein Körper ganz mit einem dünnen Flaum bedeckt, hinter dem die Geräusche der Stadt verschwanden. Und als der Schimmel meine vertrockneten Augen erreichte und die Pilzfäden wie feucht-bleiche Gräser aus den Höhlen flatterten, verschwanden auch die Bilder.
Fliegen krochen in meine Nasenlöcher und Augenspalten, zwischen Zehen und Finger und in die Achseln, und legten ihre Eier in mich. Als die Maden der Fliegen später durch die Nähte der Kleidung und aus allen Öffnungen meines Körpers wieder herausfanden, schoben sie mir die Lider hoch, drückten die Lippen auseinander und öffneten so mir noch einmal Augen und Mund.

■

Licht zitterte durch den Vorhang auf das Kissen. Ich zündete mir eine Zigarette an und spürte, als ich mit der Hand über die Lichtflecken wischte, wie warm die Stellen auf dem Stoff waren. Sah zu, wie der Rauch ins Licht hineinwirbelte und aufleuchtete. Mein Körper, an dem ich ungläubig entlangstrich, fühlte sich warm an und wie hingelegt

vom Schlaf. Ich sah dem Rauch zu und vergaß zu rauchen.
Als ich schließlich aufstand und mich anzog, genoß ich es, mich bewegen zu können. Doch das wußte ich, hatte mit mir nichts mehr zu tun. Schnell ging ich unter den alten, großen Bäumen den steilen Abhang hinunter zum See und setzte mich auf die Steinbank, die sich am Ufer als Halbkreis zum Wasser hin öffnet.
Auf der Brüstung standen noch die beiden Weingläser. Kleine gelbe Blätter schwammen in der Neige. Zigarettenstummel auf dem Boden. Bis zum Mittag würde die Temperatur bei anhaltendem Sonnenschein auf 9° Celsius steigen. Nichts war zu hören als das Klimpern der Drahtseile gegen die Aluminiummasten der Segelboote, bis mich plötzlich eine tiefe, seltsam schleppende Stimme beim Namen rief.
Ich stand auf, schaute mich um und bemerkte dort, wo das Grundstück an einem verrosteten Maschendrahtzaun und in wildem Buschwerk endet, am Fuß zweier hoher Eichen den Hund. Erkennst du mich?
Ich nickte. Er lag in der Sonne auf dem Laub, leckte sich über das schmutzige Fell und biß sich den Dreck zwischen den Ballen seiner Pfoten heraus. Die Wunde am linken Hinterlauf begann bereits zu verschorfen. Ich ging hinüber und kauerte mich an ihn. Es roch streng aus dem Maul.

Du hast doch nicht vergessen, daß du tot bist?
Ich schüttelte den Kopf. Aber warum?
Denk an das, was geschehen ist, knurrte er leise.
Was meinst du?
Erinnere dich an die Nacht, als du mit ihr hier warst. An das, was du in ihrem Gesicht gesehen hast.
Nur deshalb?
Du durftest es nicht. Da begann es. Er warf die Schnauze hoch, und die Zunge flatterte ihm weit aus dem Maul. Lachte so, wie Hunde lachen. Erinnere dich.
Wolken bauten sich am anderen Seeufer auf, ohne daß ich es beachtete. Wie sie mich umbrachte. Der Schmerz und die Stille danach. Wie sie nackt auf dem Tisch im Café lag. Davids verstümmelte Haut. Das Schiff auf dem Landwehrkanal und wie es an der Grenze strandete. Kirchberger, Schween, Professor Matern und das Theater der Anatomie. Das Lachen im Gesicht des Senatsrats Dr. Ewald Roll. Der Geräuschemacher und die Filme, die ich nicht kannte, und wie man sie in dieser Nacht von Ost nach West brachte. Der stählerne Tisch und die Monstren, die in Kisten und Fässern aus dem Osten in diese Stadt kamen. Die Narbe und wie sie aufbrach.
Das alles ist vorbei, sagte der Hund.
Was?

Alles, was du kennst.
Und ich?
Er lachte wieder, und sein Speichel troff auf die Blätter. Was meinst du?
Was ist mit mir?
Mit dir? Vorbei, was sonst.
Was ist vorbei?
Ich erkläre es dir doch gerade! knurrte er. In seinem Fell roch es noch nach der Nacht. Einen Moment lang glaubte ich auch sie zu riechen und erinnerte mich an jenes bißchen Süße, als ich meinen Kopf an ihrem Hals begraben hatte.
Und der Hund, den Kopf auf einer Pfote, begann zu erzählen. Von der schamhaften Sinnpflanze aus Brasilien, MIMOSA PUNIKA L., erzählte er, deren Blätter schon bei geringster Berührung zusammenklappen. Von Hyperion, dem ungleichmäßig geformten und chaotisch rotierenden Jupitermond, dessen Umlaufbahn weder berechenbar noch beschreibbar ist, und von den Ochsenfröschen in den Wüsten Arizonas erzählte er, die, das ganze Jahr eingegraben in der Erde, mit dem einzigen jährlichen Regen hervorkriechen aus dem Schlamm zum nächsten Tümpel, um sich zu begatten, zu laichen und sich noch am selben Tag wieder einzugraben.
Verstehst du?
Nein, sagte ich und schmiegte mich an sein Fell. Wie heißt die Frau?

Er drehte den Kopf so, daß seine kleinen, gelben Augen mich ansahen. Weißt du es noch immer nicht?
Ich schüttelte den Kopf.
Wir alle drei, sagte er, du und ich und sie, gehören zu einer Geschichte. Zu einer alten Geschichte, die sich wieder ereignet. Warum? Wer weiß? Nichts von dem, was du kennst, wird nach dieser Nacht bleiben, wie es ist. Und nur die Geschichten, die man sich davon erzählt, bestimmen, was wird.
Zum Beispiel?
Zum Beispiel finden sich seit 1798, als James Rennell sie kartographierte, auf allen Landkarten Westafrikas die Kong-Berge. Die Legende berichtet, ihre Gipfel seien von ewigem Eis gekrönt. Doch niemand hat sie je bestiegen. Verstehst du?
Wieder schüttelte ich den Kopf.
Es gab sie nie! Der Hund lachte wieder, und er schien sich an seinem eigenen knurrenden Lachen zu verschlucken wie an einem Husten.
Und du? fragte ich.
Was meinst du?
Wer bist du?
Ich bin von jenseits der Grenze.
Erzähl mir von dort, bat ich.
Je schneller man lief, dem schrillen Pfeifen der von Anschlag zu Anschlag jagenden Eisenrollen am

Drahtseil zu entkommen, um so schneidender pfiff es, erzählte der Hund. Immer wieder erhängten sich welche am Laufseil. Andere wurden eingeschläfert, weil sie sich ständig in ihre Hütten verkrochen oder nicht schußfest waren. Wieder andere, weil sie es nicht aushielten, vergessen worden zu sein, aussortiert, ungeeignet zur Zucht, hetzten sich an ihrer Leine zu Tode.
Und er erzählte von dem Armeelaster, der täglich mit Futter- und Wasserbottich die Grenze abfuhr. Im Sommer verdunstete das Wasser in den Näpfen, die mit Stahlringen an einem in die Erde gerammten Stab befestigt waren. Wir gruben uns tiefe Wannen in den Sand, um der Sonne zu entgehen. Nur am Nachmittag warfen die Hütten, das TGL-Standardmodell der bewaffneten Organe mit windgeschütztem Seiteneinlaß, etwas Schatten. Und wie sie bei Regen alles ableckten, Steine und Stöcke, die eigenen Pfoten, das Dach der Hütte und sich noch den Kopf verrenkten nach den Tropfen auf ihren Rücken vor Durst, erzählte er. Wie im Winter dagegen die Nässe ihre Pfoten so sehr aufweichte, daß die Ballen im Schnee zu bluten begannen.
Die Fleischstücke, die der Soldat im Vorbeifahren mit der Forke vom Lastwagen herunterschleuderte, landeten oft außerhalb der Reichweite der Leinen. Die durch einen Ruck der Leine endgültig

gebremsten Sprünge hörte man noch stundenlang. Nachts, wenn ein Tier von außen den Signalzaun streifte, fing der Draht plötzlich an zu singen, und die Grenze war mit Licht überflutet. Heulen pflanzte sich von Trasse zu Trasse fort, in das jeder einstimmte mit einem aufwärts gezogenen, in der Höhe abbrechenden Ton.

Es gab nichts als Geschichten, sagte der Hund. Ich weiß nicht mehr, wer jene mitbrachte, die so lange unter uns kursierte, von Hütte zu Hütte die Grenze entlang, daß sie schließlich wieder zurückkam und wir sie uns noch einmal erzählten. Jene Geschichte von den kugelförmigen Wesen, die vor den Menschen auf der Erde lebten und die nur ein Geschlecht besaßen. Wesen, die sich nicht miteinander fortpflanzten, sondern in die Erde hinein. Wie es die Zikaden tun.

Was geschah mit ihnen?

Die Götter, die ihnen ihre vollkommene Form neideten, zerschnitten eines Tages die Kugelwesen. Lange Zeit taten sie daraufhin nichts, als ihre abgetrennte Hälfte zu umarmen. Viele starben vor Hunger und Traurigkeit, bis die Götter sich ihrer erbarmten. Der einen Hälfte der verwundeten Wesen stülpten sie das Geschlecht nach innen in den Körper hinein.

Und?

Ihre wahnsinnige Sehnsucht verwandelte und lin-

derte sich in das, was ihr Liebe nennt. Den nicht endenden Versuch, die Wunde zu heilen, sagte der Hund. Dann schwieg er.
Wir mochten diese Geschichte sehr, sagte er leise nach einer Weile.

▪

Ich sah hinüber zur Brüstung, auf der noch die beiden Weingläser standen. Der Hund schaute hechelnd in die Sonne, die immer mehr hinter Wolken verschwand, und hinaus auf den See. Plötzlich stellte er die Ohren und witterte hoch zum Haus. Und ich sah, wie sie langsam den Abhang herunterkam.
Der Hund leckte ihr die Hand zur Begrüßung und kauerte sich dicht an ihre Beine. Wie müde von einer Jagd, lehnte sie sich mit ihrer Mitte ganz leicht an mich, das Wild, das warm bei ihr lag. Meine Stirn an ihrem Bauch. Ich spürte und hörte auf den Atem unter ihrer Haut. Ihr Geruch umhüllte und verwandelte mich.
Du mußt jetzt gehen. Sie lächelte über mich hinweg, zog den goldenen Lippenstift und das Streichholzbriefchen aus der Tasche und gab mir beides. PHÄNOMEN-WERKE las ich. Der Hund sprang auf.
Das letzte Licht vom See her, bevor die Sonne hin-

ter dichten Wolken verschwand, war ein grelles, spitzes Glitzern, das sich in ihren schwarzen Haaren fing, als wären sie naß. Sie strich mit der Hand hindurch und sagte mir, bevor ich dem Hund folgte, ihren Namen.